暴食のベルセルク 2
Berserk of Gluttony

迫りくる溶岩の壁を
衝撃で吹き飛ばしたのだ。
さらに後方のハニエルにまで届いて
膝をつかせるほどだ。
「さあ、
私たちも始めよう。
フェイトはハニエルを
動けないようにして」
「足を引っ張らない
ように頑張るさ」
「その意気」
マインは黒斧を片手にハニエルへ接近。
そして右腕を押し切る。
叫び声を上げる核。
赤い目から薄らと、
真っ赤な血が滲み出す。

「俺も手伝います」
初めて使う、
聖剣技アーツ《グランドクロス》。
俺が魔力を聖剣に注ぎ込むと、
剣身は白く輝き始める。
「おお、これは……」
「終わらせましょう」
「ふむ、そうだな」
俺たちはさらに
力のすべてを注ぎ込むため、
同時に声を張り上げる。
「「グランドクロスっ！」」
お城は聖なる光に包まれて、
何もかも真っ白になっていく。

暴食のベルセルク
～俺だけレベルという概念を突破して最強～
②

著：一色一凛
イラスト：fame

GCN文庫

Contents

暴食のベルセルク
～俺だけレベルという概念を突破して最強～
2
3

番外編
ロキシーの遠征
313

あとがき
362

Berserk of Gluttony
2

Story by Ichika Isshiki
Illustration by fame

第1話　郷愁なき故郷

幼い頃からよく知っている、あの懐かしい古びた扉に手を当てる。軋むような音と共に中に入ると、父親が椅子に腰掛けていた。

すぐ側の壁には使い込まれた槍が立てかけられている。そして、先端にはどす黒い血がこびりついているところを見るに、きっとここへ帰ってくるまでに、魔物と戦ったのだ。

顔色のすぐれない父親に不安になって近づくと、腕に深い傷を負っていた。

「父さん、大丈夫!?」

「ああ、このくらいの傷はかすり傷だ」

父親はそう言って、笑って誤魔化そうとするけど、子供の俺だってわかる。これは良くない怪我だ。

急いで外へ出て、井戸の水を汲む。手がしびれるほど冷たい水だった。

その水を持って戻り、父親の腕の傷を洗う。顔を歪ませる父親の表情から、やはりひどい怪我だと確信してしまう。

　この村では傷に効く薬草を育てているので、どの家にも常時備蓄がある。俺の家もまた同じだった。

　奥の部屋の棚に置いてある薬草を潰して絞り、父親の傷に塗って包帯を巻く。

　父親はそれをずっと無言で見つめていた。そして、すべての手当てが終わった時、やっと口を開いた。

「うまくなったものだな、フェイト」

「当たり前さ！　父さんはすぐに怪我をするから」

「……そうだな……いつもすまないな」

　父親はなんとも言えない顔をして、俺の頭を怪我をしていないほうの手で撫でてくる。

　そして、思いついたように立ち上がって、言う。

「これから母さんのお墓参りをするか？」

「うん」

　お墓は家のすぐ裏側に作られていた。それは俺を産んですぐに死んだ母親が望んだことだったらしい。成長していく俺をその目で見られない代わりに、せめて傍で見守りたかったからだという。

だから、俺たち親子は出来る限り、一日一回は母親のお墓参りをするのだ。

雑草は抜かれて、綺麗に手入れされたお墓の前で俺と父親は腰を下ろして、手を合わせる。俺は腕の怪我を負ったばかりの父親の様子を横目で盗み見る。唇に力がこもっているので、痛いのを我慢しているのだろう。

「無理に手を合わせなくても、母さんは怒らないと思うよ」

「そうだな。だけど、こうしたいんだ」

こうすることは父親の中で決めていることなのかもしれない。それでも俺の父親はいつも笑顔で俺の頭を撫でてくる。あの時、俺は幼いながらに父親の決意のようなものを見た気がしたんだ。

＊

『幸せそうな、寝言を言っていたぞ。ハハハハッ』

馬車が石の上に乗り上げた大きな揺れで、懐かしい夢から目を覚ました俺に、グリードが《読心》スキルを介して言ってくる。

「なんで笑うんだよ⁉」

『父さん……父さんとは、フェイトもまだまだ子供だな』

「くっ」

よりにもよって、グリードに聞かれてしまうなんて、何たる失態！　これは事あるごとにネタにされかねない。

弱みを厄介な奴に握られた俺は大きなため息をつく。

そして、あの幼き日の幸せだった頃を思い返しながら、馬車に揺られてまる二日。俺はテトラという中規模の都にやってきた。王都と比べ十分の一くらいの大きさだが、かなり活気のあるところだ。

それは王都への物流の南方拠点となっているからだ。

テトラには南方から各地の名産物が集まり、それを王都から来たたくさんの商人たちが購入する。言ってみれば、ここは商人の都でもある。

ガリアへはまだまだ南下していかなければならない。

俺はテトラから乗り継ぎの馬車を探そうとしたが、もう日暮れが近い。夜道は凶暴な魔物たちに襲われてしまう可能性が高まる。

試しに、馬車を手配できないかと聞いてみたら、無理だと断られてしまった。

まあ、そんなに急いでいく必要もない。なぜなら、ついでにロキシー様の動向も調べてみたが、まだこのテトラに立ち寄っていないみたいだからだ。大規模な軍を率いてのガリアへの南下なのだ。一人旅の俺とは違って時間がかかってしまうのだろう。

なので、今日はここで宿を取ろう。それにその分猶予がとれるのなら、ガリアに着くまでに少しでも強くなっておきたい。寝る前に都市の近くにいる魔物を狩ってから、明日の朝にまたここへ来て馬車で先に進めばいいさ。

お金なら、ハート家の使用人である上長から、かなり多めに頂いている。とんでもない無駄使いをしなければ、ガリアまでお金には苦労しないだろう。きっと彼女には、俺がロキシーを追ってガリアを目指すことを見透かされていたと思う。

だから上長はあれほど、俺を止めようとしてくれたんだ。

「大事に使わないとな」

俺は金貨を落とさないように、しっかりと握りしめると商人の都市テトラの中を歩き出す。

ここへは一度だけ来たことがある。それは俺が生まれ育った村から、王都へ行く途中で立ち寄ったのだ。

あの時は村から追い出され、ほとんどお金を持っていない状態だった。仕方なしに人の来ない路地の片隅で縮こまりながら眠ったくらいの記憶しかない。

そして、なけなしのお金で硬いパンを三個買って、すぐに王都へ向けて歩き出したっけな。今思えば、よく生きて王都へ着けたものだ。まあ、王都へ着いてからも、大変だったわけだけど……。

あまり思い出したくない過去が頭をよぎりつつ、街の様子を見ていく。

すると、ぐぅぅぅぅ……。

どうやら、お腹の虫が食事を求めているようだ。

王都で買った保存食を食べてもいいが、せっかく都に来たのだ。前回食べられなかった料理を味わおう。

ちょうどいい、右側に大きな木の看板を立てた酒場がある。今日はいろいろあって、酒も飲みたい気分だし、この店にしよう。

俺は年代物の古びたドアを開けて、酒場の中へ入っていく。

席は三十くらいか。俺が行きつけにしていた王都の酒場よりも広い。店内の装飾からもそれなりに豪華な酒場だ。

店内を見渡しながら、俺はカウンター隅の椅子へと腰を掛ける。どこの酒場でも、俺が落ち着ける位置は決まっている。

早速、カウンターの向こう側でコップを拭いていた男の店員が、俺に声をかけてきた。

「ご注文は？」

「そうだな……おすすめは？」

「酒ならハート領産の赤ワイン。食事なら、うさぎ肉のスープとバターをたっぷりと練り込んで焼いたパンだな。しめて、銅貨20枚ってところだ。どうするかい？」

「高いな。よそ者だと思ってぼったくりすぎだろ。銅貨15枚にしてくれ、それなら注文する」

　すると、店員は苦笑いしながら店の奥へ注文を伝えた。

　俺は前払いで銅貨15枚を払ってしばらくの間、店内を見ていた。

　この店の客は商人が半分、武人が半分。皆が身なりの良い服を着ている。なるほどな、お金にゆとりがありそうな連中ばかりだ。だから、酒や料理の値段を高めに請求しているわけか。

　俺はやっと出てきた食事に舌鼓を打ちながら、明日のことを考えていた。

　馬車を使って、できるだけ大きな都を経由しながら南下するべきだろう。その方が、補給と休息が取れる。ガリアに着くまでに、へばってしまえば元も子もないからだ。暴食スキルのせいで、すぐにお腹が空く俺にとっては結構重要だったりする。

　食事を残さず平らげて、ワインに口をつけた時、店の奥から騒ぎが聞こえてきた。

何事かと俺はそちらへ顔を向ける。

そこには、人を見下すような表情をした六人の武人たちがテーブルに座っていた。

さらにその者たちに土下座をする男が一人。

男は食事中の武人たちに何度も頭を下げている。その度に武人たちが男を罵倒していくといった具合だ。聞いているとワインがまずくなってしまうほど、胸くそ悪い。

普通ならこういった厄介事には関わらない。しかし、男の顔に見覚えがあった。

あいつ……こんなところで武人たちに、何を頼んでいるんだ。

そんな俺の視線も知らずに、武人たちと男のやり取りは続く。

「今はガリアの影響で魔物がそこら中にいて、稼ぎのいい討伐依頼が絶えないのだ。こんな、はした金で山奥のど田舎へ、儂たちに魔物を倒しに行けとっ！」

「お願いします。早くしないと僕たちの村が全滅してしまいます」

「うるせぇな、他を当たれ！　今は飯を食っているんだ」

「どうか……どうか、お願いします。他の人たちにも断られ続けて……もう時間がないんです。お願いします……僕たちの村を救ってください」

必死になって頼む男の頭を、顎髭（あごひげ）の武人が踏みつける。

「頭を下げるなら、もっと床にこうやって擦（こす）り付けろ。誠意を見せろ。わかるか、誠意だぞ」

「どぼか……おねがわい……じます」

男は涙を床にポロポロと流して懇願する。武人たちがそれを見て、声を上げて笑い出す。

散々笑って飽き始めた武人は、男から足をゆっくりとどけながら言った。

「わかったよ」

「本当ですか！」

「ああ、だけどな。討伐依頼が山積みなんだよ。一年先になるけどいいか？　あっそれとな、山奥まで歩かせるんだ。割増料金として金貨10枚だな」

「そんな……時間がかかりすぎです。それにお金は銀貨10枚しかありません」

その答えに武人たちがまたしても、声を上げて笑い出す。これはいい酒のツマミになるとでも言いたそうだ。

「なら、無しだ。他を当たれ」

「そんな、どうか……ご慈悲をください。お願いします」

「嫌だね。お前らを救っても儲けにならねぇ」

男はそれでも、諦めようとしない。頭を床に擦り付けて、何度も何度も武人にお願いをする。

あまりのしつこさに、からかい遊んでいた武人たちも、苛立ち始めていく。

「力もないくせに、いい気になるな。うるせぇんだよ」

そう言って、男の胸ぐらをつかんで、引き上げる。

「お前の村がどうなろうが、儂たちの知った事かっ！」

男を殴りつけようと振るわれる右拳(みぎこぶし)。

あまり手加減しているとは思えない武人の力だ。当たれば、大怪我してもおかしくはない。

はあ……気がつけば俺は、顎髭の武人が繰り出した拳を片手で止めていた。

「もう、そのくらいでいいだろう」

「てめぇ、横からしゃしゃり出てきてんじゃねぇ。お前もただじゃ済ま……」

俺は武人の拳を力を込めて、ゆっくりと握っていく。

途端に顎髭の武人は、眉毛をハの字にして膝をついた。

「わかった……わかったから、もうやめてくれ」

「そうか、ならおとなしく飯を食っているんだな。店の迷惑だ」

「そうさせてもらう。だから、手を放してくれ……潰れちまう」

俺との実力の差を理解した顎髭の武人はすごすごと自分の席に座り、みんなと一緒に静かに食事を再開した。その姿は、まるでお通夜だ。

俺は助けた男に顔を向ける。

すると男は目を見開き、一歩後ろに下がった。そして、口に手を当てて驚きを隠せないようだ。

生まれ故郷の村で、ちっとも仲良くなかった幼馴染のセトに言う。

「久しぶりだな。五年ぶりか」

第2話　過去との邂逅

俺がそう言うと、セトは気まずそうに顔をひきつらせる。

そして意を決したように跪いて、俺に土下座した。

別に俺が強要したわけではない。セトが自主的に土下座をしたのだ。

「フェイト、頼む！　お前の力を貸してくれ！　昔のわだかまりをすべて水に流してくれ、なんて都合のいいことは言わない。だけど、今回だけはどうか……」

俺に村から出ていけと、石を数え切れないほど投げつけたセト。彼は村長の息子で俺よりも四つほど年上。村の若者たちの中心的な存在。だからセトがやることには皆が従う。

あの日、俺の前に降り注いだ石の雨。それは躱しきれない絶望だった。

ちなみに俺の住んでいた家は村長たち大人により火をつけられて、灰にされている。

村八分など生ぬるい、徹底した追放を村全体から受けたのだ。

そんなセトが今までのことをすべて棚に上げて、俺に懇願している。全く……都合のいい話ではないか。

村には不要な穀潰(ごくつぶ)しとして追い出した人間。それが五年経って力をつけているから、やっぱり必要だという。きっとセトは俺を見ていない。ただ力があるか、ないかだけを見ている。

今、俺の足元で床に頭を擦り付けているセトは、威勢の良かった五年前と違い、ひたすらに情けないやつだった。そして、村を救ってくれる武人が見つからないストレスからか、頭の天辺(てっぺん)が大きく禿(は)げていた。

「このとおりだ、どうか……頼む。力を貸してくれ。僕にできることなら、なんでもする」

まあ、ここで突っぱねるなら、はじめから助けたりしない。いいさ、故郷に立ち寄っても……ガリアに行く前に両親が眠る墓に報告したいからな。そのついでに、暴食スキルに魂を喰わせて少しでも強くなるだけだ。……それだけの話だ。

決してセトたちを助けたいからではない。

「わかった。村に行こう」

「本当か！　ありがとう。なら、明日の早朝にでも村へ」

そう言って立ち上がるセトに向けて、首を振る。朝まで待つだって、呑気(のんき)なやつだな。

本当に村が心配なのか。

「今からいくぞ」

「えっ、もう日が沈む。夜は危険すぎる。しかも今日は曇りだ。真っ暗な夜道を明かりをつけて歩いていたら、魔物の標的にされてしまう」

「いいことじゃないか。魔物の方から寄ってきてくれるなんて、探す手間が省けて」

そう言うと、セトは顔を青くさせてブルブルと震えだす。

あれ⁉　俺は何かおかしいことを言ったのか。そのほうが効率よく狩りができると思うのだが。

すると、柄に手を置いていた黒剣グリードが《読心》スキルを通して言ってくる。

『いかにゴブリンたちを大量に狩るか、そんなことばかりしているから、偏った思考になるのだ。コボルトとの戦いを思い出せ』

「わかってるって」

たしかに俺はゴブリン以外の魔物との戦いの経験が少なすぎる。ゴブリンなんか、欠伸(あくび)をしながらでも狩れてしまうほど極めてしまった。ゴブリンスレイヤーと豪語してもいいくらいだ。

うん、あの最弱魔物を基準に考えるのはグリードの言うとおり、問題ありだな。

第二位階を得て、その性能を確認するために大量のゴブリンたちを狩ったのも影響しているのかもしれない。

乗りに乗って、数百匹ほど狩った感覚が戦いの思考まで汚染してしまったようだ。まあ、そのおかげで王都近辺のゴブリンの数はしばらく激減しているだろうけど。

俺がブツブツと独り言を言っていたので、セトが不安そうな目でこちらを見ている。

「あの……本当に今から行くのか？」

「ああ、そのかわり明かりはつけずに行く。俺は夜目が利くから後ろを付いてこい」

「……わかった。フェイトに従おう。もう、お前しか頼れる武人はいないんだ」

武人か……セトには俺がそう見えるようだ。やっと、使用人から武人らしくなってきたのかもしれない。ガラの悪い武人たちをいさめたのだから、そう思われて当たり前か。

＊

夕日が沈みゆく、商人の都テトラを俺たちは出ていく。目指すはここから西の山奥にある故郷の村だ。

俺が追い出される前は、村には六十人ほどが暮らしていたはずだ。

主な収入源は、清流でしか育たない薬草。それで各家々は生計を立てている。

この薬草はミールというのだが、よく病気にかかってしまい、思ったような収穫が見込めない年がよくある。その度に俺の父親は村長へ頭を下げて、食料を分けてもらっていた。

それが許されていたのも、父親が《槍技》スキルを持っていたことが大きかった。村はなぜか魔物がほとんどやって来ない場所にある。だが稀(まれ)に魔物が村に迷い込んだ時、俺の父親が追い返していたからだ。

父親には利用価値がある。だから、大飯食らいの無能な息子も、村人から大目に見てもらっていたのだ。

それもずっとは続かなかった。父親が病気で死に、俺という無能なゴミ屑(くず)だけが残された。

俺は薬草を必死に栽培して、村になんとか貢献しようとしたが、うまくはいかなかった。父親という後ろ盾を失い、薬草栽培も下手くそ。救いようのない無能に村からの追放が待っていたのだ。

まあ、元々見たことも聞いたこともない《暴食》という得体の知れないスキル持ち。それも村人から嫌われる原因だったのかもしれない。このままこいつを置いておけば、村に不幸を呼び込むという変な噂まで流されていたからな。

全く……故郷の村人との関係は、一方的に最悪だった。

昔を思い出しながら、俺は手入れがあまりされず、草の生えた山道を進む。

先を急ぐ俺の背中に声がかかる。

「なあ、フェイト。さっきの酒場で見せつけられたけど、とても強くなったんだな。昔はあんなに弱かったのに……」

「そうか？　とても強いなんて思わないけどな。普通じゃないか」

「普通には見えなかったんだけど……」

俺の言葉に不思議そうな声を上げるセト。そんな顔をしても、強くなった理由――暴食スキルのことはお前に教える気はない。

「そんなことはどうでもいい。先を急ぐぞ」

「ああ。でも、一つ聞いていいか。ここまで来て聞くのはどうかと思うが……でもやっぱり聞いておきたい」

「なんだよ」

「フェイトは僕たち、村の連中を今でもずっと恨んでいるのか？」

俺が村へやってきて、変な気を起こして復讐（ふくしゅう）するのではないかと思っているようだ。本当に……ここまで来て、今更の話だ。

でも、村を救ってくれるという武人を見つけて、やっと他のことにも頭が回るようになったのだろう。さすが、村を救ってくれる武人を探すために苦労を重ねてきただけはある。

かなりの時間、お互い無言で夜道を進んだ。そして、俺はため息を一つして、

「恨んでいないと言えば、嘘になる。だが、あそこは俺の両親が眠る場所でもあるんだ。それだけは大切にしたい」

俺はお前たちが嫌いだ。だが両親のために救ってやる。そういうことだ。

徳の高い聖人様なら、人を許す心を持ちなさいなんて教えを説くだろう。だけど、いくら自分が許したところで、相手が変わらなければ意味がない。

そうじゃないと、永遠にやられっぱなしだ。ブレリック家で嫌というほど味わった。

だからかな……俺は故郷の村の連中がこの五年で変わったのか、知りたくもあったのだ。セトが酒場で必死に村のために懇願する姿を見て、もしかしたらあの村はあれから良い方向へ変わったのかもしれないと期待してしまったんだろう。

なんだかんだ言って結局、俺はあんなことをされたのに……故郷に未練を捨てきれずにいるのかもしれない。

あそこには父親と暮らした大切な時間がある。少しでもいい思い出へと変えたい気持ちがあったんだと思う。

真っ暗な夜道、山をさらに四つほど越えた先に、小さな村が見えてきた。

家々に僅かな光が漏れている。どうやら、まだ魔物の本格的な襲撃に遭っていないようだ。

「着いたな、お前の父親——村長に会わせてくれ」

「ああ、ぜひ会ってくれ。お前をここへ連れてきたのは僕だ。フェイトのことを悪くは絶対に言わせない。すべてうまくやってみせる。だから、魔物の方はどうか、お願いします」

深々と頭を下げるセト。やっぱり、こいつは五年前のセトではない。

他の村人も、彼と同じように変わっていることを祈るばかりだ。

第3話　静止した村

まあ……期待を裏切られることなんて慣れっこだ。

セトは村人との架け橋になると豪語したが、村長は俺を激しく拒絶した。そして、ただいま村人総出で、俺を取り囲んでいる最中だ。ああ、あの目は俺を魔物とでも思っているかのような殺意すら感じられる。

セトは俺と村人たちとの間に入って、必死に仲裁をしている。

「皆、頼むから話を聞いてくれ。フェイトは魔物を倒してくれるんだ！　別に村に何かしようとして戻ってきたわけじゃない！」

それを聞いても、村人たちは俺に鍬や手斧を向けて、威嚇し続ける。

口々に、あいつは村が弱っているのを見計らって、復讐するために帰ってきたんだ。魔物を倒してやるとうまいことを言って、お金だけせしめて逃げる気だ。

第一、腹が減るだけの使えないスキルしか持っていなかったゴミ屑野郎が、魔物を倒せるわけがない。見え透いた嘘を言うな……などなど、数十人の村人から、俺へ尖った言葉を投げつけられる。

元々、裕福ではない村に魔物騒ぎだ。心は更に荒んでいくばかりか。

状況は、俺が村にいた頃よりも遥かに悪化していた。

村人たちは、セトがたった銀貨10枚で優秀な武人を連れてくると信頼しきっていたらしい。せめて、金貨10枚なら武人たちも喜んでやってきただろう。

待ちに待った村の救世主は五年前に村から追放した穀潰し。村人たちの怒りは計り知れないようだ。

セトが予定より遅れていたのも、村人たちの怒りに追い打ちをかけている。

「セト、あれだけ時間をかけておいて、なんていう成果だ。ただ武人を雇ってくればいいのにそんなこともできないのかっ！」

「お前はそれで次の村長になれるのか？」

「いつ魔物が村を襲ってくるかわからないのに、もっと本気になって武人を連れてこい！お前は俺たちがどれだけ魔物に怯えて暮らしているか、全くわかっていない！」

間に立っていたセトへ叱責が村人たちから矢継ぎ早に飛んでくる。父親である村長も同じ意見のようで、今回の失態に対して、村人たちに深く謝罪する。

「皆の者、すまんかった。儂が至らないばかりに……。どうやら、息子には武人を雇い入れる役目はまだ早すぎたようだ。情けないことじゃ。明日の朝になったら、儂が直々にテトラに行って強い武人を探してこよう」

「しかし、その間に魔物が村にやってきたらどうすんですかっ！　昨日は近くの森から鳴き声が聞こえたんですよ。武人たちがやってくるまで村がもたないかもしれない」

「そうじゃのう。なら……丁度いい餌をセトが連れてきたじゃないか。そいつを生贄にして、時間を稼げば良い」

村長は俺を指差した。おいおい、俺は時間稼ぎの餌として使われるのか。

両親の墓参りのついでに、魔物を倒していこう……それだけだった。だが、まさか……そんな扱いを受けるとは思ってもみなかった。

グリードは《読心》スキルを通して、呆れる俺に爆笑する。

『フェイト、お前……餌呼ばわりされているぞ。ハハハッハハハッ、餌、餌、餌！』

「うるせっ」

このままでは言われっぱなしだ。少しは村人たちを威嚇するべきか、俺が黒剣グリードを鞘から引き抜こうとする。

「待ってくれ、フェイト。ここは堪えてくれ、頼む」

セトは俺に頭を下げる。まったく……魔物狩りすらも簡単にさせてもらえないとは、呆れを通り越して、頭痛を覚える。

村長は当人たちを置いて、話を勝手に進めていく。俺はしばらくの間、村から出ることを禁止された。そして、俺が村から逃げないように見張り役としてセトを任命する。

「よいな、セトよ。その穀潰しが逃げないようにしっかり見張っていろ。明日テトラから儂が戻ってくる前に、村に魔物が接近してきたら、そいつを生贄として差し出すのじゃ。絶対に逃がすな、次は儂でも庇いきれんぞ」

それだけ言うと、村長は家の中へと入っていく。村人たちもそれで納得したようで、自分たちの家々に戻り始めた。

どうやら、俺の強さは彼らの中で昔のままのようだ。誰でも簡単に取り押さえられる雑魚というわけだ。そんないてもいなくてもいいゴミ屑は、生贄にしてもいい。まあ、俺は天涯孤独の身だ。俺が死んだところで、村人たちを恨む肉親はいない。

村人たちにとって、俺は飛んで火に入るなんとやらだ。

また静まり返った夜の村。取り残されたのは、俺とセトの二人だけ。

「おい、セト。話が違うじゃないか？　魔物退治をするはずが、餌に降格されるミラクルが起きたぞ」

「すまない……本当にすまない」

そう言って、両手で顔を覆うセト。一陣の風が吹き、彼から髪の毛を奪っていく。

心労によって、セトの若ハゲが更に進行中だ。

もう、墓参りだけして見捨てるか……なんて思ってしまうほどだ。だけど……暴食スキルが腹を空かし始めていた。

きっと暴食スキルは墓参りだけで許してくれるとは思えない。

右目に違和感を覚えながら、ため息をついていると、

「とりあえず、今日は僕の家に泊まってくれ。見張り役のこともあるし。それにフェイトの家はもう……」

そう、俺の家はすでに追い出された時に燃やされている。もしかしたら、まだ骨組みくらいは残っているかもしれない。

人が寝られる場所でないのは確かだ。

「そうさせてもらう。そういえば、お前は独り身なのか?」

「娘が一人いる。妻は森で例の魔物に食われて死んだよ……」

セトがあれほど必死だったのは、娘を守りたいからなのかもしれない。なんとなく、彼の姿が死んだ父親に重なったような気がした。

「ここから少し離れたところに、家があるんだ。付いてきてくれ」

「ああ」

案内された家は、村長の家の半分くらいで、他の家と同じ大きさだった。一世帯がどうにか住めるくらいの広さだ。

引き戸を開けて中に入ると、五歳くらいの少女がセトに飛びついてきた。

「パパ、おかえりなさい。私、ずっといい子にしていたよ」

「そうか……いい子だ」

可愛らしい娘は、父親の異変を敏感に察知する。

「頭のここが禿げているよ、パパ……大丈夫？」

「ああ、これはすぐに生えてくるさ……きっとな」

「そっかー」

失ってもう戻ってこないだろう髪の話が終わると、セトの娘が俺を物珍しそうに見つめてくる。

「パパ、この人は誰？」

「えっとな……」

この村での俺の共通認識は、ただいま魔物の餌となっている。

セトは娘にどう教えるのだろうか。

「彼は、フェイトといって、魔物を退治してくれるんだ。すごく強いんだよ」

「本当に⁉」

娘は俺を尊敬の眼差しで見上げる。しかし次第に泣き出してしまった。おそらく、魔物に食い殺された母親を思い出してしまったからだろう。

娘が落ち着いたところで、夕食となった。

セトがいない間は、村長の家で食事を分けてもらっていたという。この子にとって、祖父や祖母はとても怖い存在らしく、いつもビクビクしながら食べていたと父親に訴える。

「それは悪いことをしたね。今日からまた一緒だ」

「わ～い、パパ大好き！」

そんなやり取りを見て、俺は率直に思ったことをセトに伝える。

「お前……変わったな」

昔は俺に石を投げつけていたクソ野郎だったのに。今はちゃんと父親をしている。

俺の言葉にセトはすまなそうな顔をする。

「あの時の僕は、子供だった。父親……村長の言葉を鵜呑(うの)みにして、それが正しいと思っていた。娘が生まれたのをきっかけに、自分の考えを持つようになって少しは……変わったのかもしれない」

　しかし、セトだけが良い方向へ歩き出しても、周りの村人たちが足を引っ張っては元も子もない。この村は一度綺麗さっぱりと、やり直したほうがいいかもしれない。

　食事はあまり上等なものではなかった。アク抜きした野草の汁に穀物を入れて、煮込んだ雑炊(ぞうすい)。お世辞にもうまいとはいえない。でも、懐かしい味がする。これはよく俺の父親が作ってくれたものだからだ。

「まだ、こんなのを食っているのか」

「ああ、この村はお前がいなくなってからも貧しいままだ。身も心もな」

　豊かにもなれず、貧しいまま、心だけは荒んでいく。結果的に見れば俺はここから出ていけて、よかったのかもしれない。

　マズい雑炊を啜(すす)り、セトたちの話を聞く。主に、村を襲おうとしている魔物についてだ。

　今更だと思う。魔物討伐ならここへ来る前に知っておくべきことだった。村の状況だってそうだ。

　だけど、セトの言葉より実際に自分の目で村を見据えたくて、それ以上に心のどこかで俺は焦っていたのかもしれない。過去のわだかまりがあり、父親との大事な思い出がある……この村へまた足を踏み込める理由を求めていたんだと思う。

やっと落ち付ける場所へ来て、気持ちの余裕が出てきたみたいだ。武人として情けなくもあり、グリードに笑われてしまいそうだ。

セトに聞いたところ魔物には翼が生えており、空を自在に飛べるという。相手にしたことのないタイプだ……厄介な。

大きさはゴブリンくらい。鋭い爪を持ち、頭には角を生やしているという。

空から滑空して攻撃してくるので、狙われると逃げられない。

「その魔物は何匹いそうなんだ？」

「わからない。ただ目撃情報から1匹とは思えないんだ」

大体のことを聞いて、俺は黒剣グリードを握る。

「どう思う」

『おそらく、ガーゴイルだろう。あれはなかなか賢い魔物だ。初めは少しだけ襲いながら、人間たちの様子を見計らう。そして、時期が来れば群れで一気に襲ってくる』

「嫌な魔物だな……その時期っていつなんだ」

『夜だ。それも曇って月の光すらない、真っ暗で静かな夜を好む』

「…………ちょっと待て」

今日って曇ってなかったか。だから月も出ていなかったはずだ。

そして、村人は言っていた。昨日、近くの森で魔物の鳴き声を聞いたと。

まさかな。

俺とグリードの会話は、他からは俺の独り言と見えてしまう。そのため、セトと娘がなんとも言えない顔を向けていた。そんな目で見ないでくれ、今大事な事を考えているんだ。

しばらくして、嫌な予感は的中してしまう。

家の外から、次々と人間の悲鳴が聞こえだしたのだ。

面倒なことになったと思っていると、グリードは面白おかしく言ってくる。

『フェイト、どうする。ガーゴイルたちを鎮めるために生贄になるのか、餌、餌！』

「バカを言うな。外へ出るぞ」

第4話　黒鎌による収穫

セト親子には家から絶対に出るなと忠告して、外へ飛び出す。

真っ暗な夜。しかし俺には《暗視》スキルがある。

悲鳴が聞こえる空を見上げると、村人たちが数十匹のガーゴイルに捕まっている。そして、生きたまま食われていた。

時折、雨のようにポタポタと天から降ってくる液体は、村人たちの血だ。

もう、ガーゴイルに捕まった村人たちは助からない。

黒剣グリードを引き抜き、空から襲ってこようとするガーゴイルに迎撃態勢を取る。すぐに《鑑定》スキルを発動した。

ガーゴイル・ノア　Lv27

体　力：890

筋　力：760
魔　力：1390
精　神：1230
敏　捷：980
スキル：炎弾魔法

こいつら、炎弾魔法を使えるのか。上空を取られた状態で、一斉に撃ち込まれたらまずいぞ。

俺はすぐさま黒剣から黒弓に形状を変更。

空中で人の腹あたりを貪っているガーゴイル・ノアの1匹に向けて先制攻撃。放った魔矢は寸分違わず、ガーゴイル・ノアの眉間を貫く。

《暴食スキルが発動します》

《ステータスに体力＋890、筋力＋760、魔力＋1390、精神＋1230、敏捷＋980が加算されます》

《スキルに炎弾魔法が追加されます》

おお、初魔法をゲット……なんて喜んでいる場合ではない。

倒したガーゴイル・ノアは村人の死体と共に、俺の足元へグシャッと音を立てて落ちる。

この村人は……俺を生贄呼ばわりした村長だった。

村を取りまとめる人間が死んでしまっては、誰が避難指示をするんだ。きっと、俺やセトが言っても誰も聞かないぞ。

ガーゴイル・ノアたちは、仲間が1匹倒されても全く動じない。それどころか、人間の旨さに酔いしれて、更に食おうと次なる攻撃を仕掛けてくる。

それに対して、グリードが俺に警告する。

『フェイト、魔法の雨が降り注ぐぞ。俺様の形状を大鎌に変えろ！』

俺はグリードを黒鎌に変化させると、セトたちがいる家を守るために、屋根に飛び乗る。

途端に、天が紅蓮に燃え上がった。それは三十個の炎弾だ。

村目がけて、隕石のように落ちて来る。

ガーゴイル・ノア30匹による同時炎弾魔法——広範囲を焼く、恐ろしい連携魔法だ。

こんなものがまともに当たったら、家など簡単に燃え上がる。

すべてに対応はできない。セトの家に向けて、飛んできた炎弾二つを黒鎌で斬り伏せる。

刃に触れた途端、魔法は掻き消える。

グリードは事象を断ち切ると偉そうに言ったが、なんでもかんでも斬れるわけではない。

スキルから発現する事象に干渉して、なかったことにするのだ。

ガーゴイル・ノアが放つ炎弾魔法はスキルだから、斬れば消失させられる。しかし、スキルによって、間接的に起こった事象は無理だ。例えば、炎弾魔法の攻撃で燃えている家の火は消すことができない。

まあ、さすがにそこまで出来たら、この黒鎌は無敵だと思う。

それを置いても、黒鎌は魔法戦に圧倒的な力を発揮する。

周りを見回せば、燃え上がる村によって、まるで昼間のような明るさだ。焼かれていく家々からは、村人が体に移った火を払いながら、転がりだしていた。

それを待っていたと言わんばかりに、ガーゴイル・ノアが襲いかかっている。

生き残った村人たちは、もう半分もいないだろう。それでも貪欲なガーゴイル・ノアたちはまだ収まらない。大きな目をギョロギョロと動かして、唯一炎から逃れたセトの家に狙いを定めたようだ。

俺としては、まとまってくれる方がやりやすい。

ガーゴイル・ノア30匹が一斉に俺が立つセトの家に向かって炎弾を放つ。

二つの火弾なら俺に防がれるが、三十発ともなれば力押しできるとでも思ったのだろう。

炎弾の点が合わさり、面となって俺に襲いかかる。

ここは、王都周辺に住むゴブリンたちを使って、練習を重ねたあれを使う時だろう。

「グリード、いいか。あれをやるぞ」

『ちゃんとできるか、俺様的に心配だが……やってみろ』

俺は黒鎌をガーゴイル・ノアの群れに向かって、力の限り回転をかけて投げる。

刃に込められた呪詛によって、三十発もの火弾で面となった炎壁をぶち抜いて、消失させる。さらに、その後ろに控えるガーゴイル・ノアたちを切り裂いた。

役目を終えた黒鎌は、ブーメランの要領で俺の手に戻ってくる。いい感じだ……練習の成果だ。

バラバラになった28匹のガーゴイル・ノアの死体が、セトの家の周りに降り注ぐ。

《暴食スキルが発動します》

《ステータスに総計で体力+２４９２０、筋力+２１２８０、魔力+３８９２０、精神+３４４４０、敏捷+２７４４０が加算されます》

さて、残りは2匹だ。大概、群れで襲ってくる魔物は仲間の数が少なくなると、似たような行動を取る。つまり、尻尾を巻いて逃げるのだ。

「逃がすかっ！」

黒鎌から黒弓に変えて、１匹ずつ確実に射貫く。

俺はガーゴイル・ノア2匹分のステータス加算を聞きながら、また黒鎌へと変える。
群れって奴には、必ずそれを率いる頭がいる。
なのに、見当たらないってのは、
『フェイト、真上だ！』
「ああ、わかってる」
一回りも大きな炎球を作り出しながら、上空高くから滑降してくる大きな黒い影。
《鑑定》スキルで正体を調べる。

ガーゴイル・ネオ　Lv47
体　力：1289０
筋　力：1176０
魔　力：2339０
精　神：2323０
敏　捷：1298０
スキル：炎弾魔法、炎耐性

子分たちの戦いを観察して、至近距離から放てば俺を倒せると踏んだのだろう。魔法の威力もガーゴイル・ノアより強力そうだ。なるほど、炎耐性があるのでこんな捨て身の攻撃ができるのか。

しかし、所詮（しょせん）は魔物だ。本能的な戦いでは、黒鎌の力を把握しきれないか。

俺ごとセトの家を焼き尽くそうとするガーゴイル・ネオが、ものすごい速さで接近してくる。

ゼロ距離手前、タイミングを見計らって黒鎌を振り払った。大炎球を放つ前にガーゴイル・ネオの体ごと縦に両断する。

バッサリと斬られたガーゴイル・ネオは俺と交差しながら半分に分かれて、地面に落ちていった。

《暴食スキルが発動します》

《ステータスに体力＋１２８９０、筋力＋１１７６０、魔力＋２３３９０、精神＋２３２３０、敏捷＋１２９８０が加算されます》

《スキルに炎耐性が追加されます》

これで炎系スキルの二つ目をゲット。《鑑定》で調べると、炎耐性は炎系の攻撃魔法を半減できるスキルだった。なんだ、魔法のみに適応されるスキルなのか、残念。

　ガーゴイルたちの魂をたらふく喰えたので、いい感じに暴食スキルの空腹も満たされた。疼いていた右目も収まったし、俺の調子はすこぶる良い。

　それとは打って変わって、村は悲惨な状況だ。セトの家を除いて全焼してしまったからだ。ガーゴイルたちの炎弾によって焼かれた真っ黒な地面は焼け野原を連想させる。

　戦いの代償は大きく、なんとか焼けた家から這い出して、生き残った村人たちはひどい火傷を負っている。

　俺が屋根から見た周囲で確認できる生存者は四人。俺とセトと娘を入れると七人か……。もう、この人数では村を維持することは不可能だろう。

　未だくすぶり、燃え続ける家々を見ながら、ひしひしと感じる。

　俺の中で幼い頃から渦巻いていた複雑な感情も、あの家々のように燃え尽きて、灰になっていくような感覚だった。

　なんだか、胸にポッカリと穴が空いてしまったようだ。

　屋根上で胡座をかいて、ぼんやりと篝火を眺めていると、セトたちが恐る恐る家から出てきた。そして、俺を見つけて聞いてくる。

「フェイト、これは一体……」

「ガーゴイルの群れに襲われたんだ。応戦したんだが、この家を守りながら戦うのがやっとだった。広範囲の炎魔法でこのザマさ」

俺がそれだけ言って、村だったところにまた目を向ける。セトはもう何も聞かずに、呆然としていた。彼の娘は泣くことも忘れて、絶対に離さないとばかりに父親の脚にしがみついている。

胸くそ悪い村だった。だけど、無くなってしまえば黒い感情はどこかへ行ってしまい、なんとも言えない寂しさだけが俺の心に居座った。

もしかしたら、これを郷愁とでも呼べばいいのだろうか……。わからない。

はっきりしていることは、ただ一つ。この日、俺は完全に故郷を失った。

第5話　拳の重さ

次の日の朝、分厚い雲は消え失せ、青い空が戻ってきた。

明るくなって、改めて村を見る。綺麗さっぱり焼けてしまったな。

生き残ったほんの僅かの村人は、焼け爛(ただ)れた地面に膝をついて泣き崩れていた。

彼らは何もかも失ったのだ。

そんな中、セトの家だけが健在という異様な光景。そのうち、村人たちはセトに何かを言ってくるかもしれない。

なぜお前の家だけが被害を受けなかったのかと、あの村人たちなら糾弾(きゅうだん)してきてもおかしくはない。

だがこれから先をどうするかは、セトが考えることだ。俺は当初の予定を済ませよう。

セトに一言伝えて、俺は自分の家があった場所に向かった。

焦げた臭いをかぎながら、村の一番南を歩いていく。

俺の家があった場所は、ガーゴイルたちの炎弾とは無関係だった。家があった場所は、草木が伸びて荒れ放題。

そこを通り過ぎて、更に奥に進む。ここも同じように草木が茂っている。

黒剣グリードを鞘から引き抜き、邪魔な草木を刈っていく。

かなり長い時間をかけて、斬り進めていくと、小さな墓石が寄り添うように二つ出てきた。

「父さん、母さん……ただいま」

ずっと長い間、陽の光を浴びていなかったため、両親の墓石には苔(こけ)がびっしりと生えていた。

早く手入れをしよう。俺は黒剣グリードを鞘に収めて、身をかがめる。

まずは母さんの墓石から手でゆっくりと苔を剥がしていく。

母さんは、俺を産んですぐに死んだという。父さんが教えてくれた母さんは、お喋りでおせっかい屋だったそうだ。本当のところはどうだったのか、俺が知る由(よし)もない。

「よしっ、綺麗になった。次は父さんだ」

俺が十一歳のときに流行(はや)り病で死んでしまった父さん。槍技スキルを持っていて、村に迷い込んできた魔物を追い払う父さんは、幼い俺の憧れだった。

俺が村人たちからいじめられないように、父さんは村に貢献しようと頑張っていた。よく笑う人で、不思議に思った俺は聞いたものだ。

すると、どんなに辛いことがあっても笑い飛ばしてやれば、そのうち幸せがやってくる、そう俺に教えてくれた。その日から俺も頑張って笑うようにしていた。

だけど、よく笑っていた父さんが病気で死んでしまい、俺はそれをきっかけに無理に笑わなくなった。

五年経った今ならわかる。あの笑顔は俺の幸せを願って笑ってくれていたのだ。

だから、笑顔で父さんの墓に応(こた)えよう。

「父さん、俺はもう大丈夫だよ。自分の力で歩いていけるから」

父さんの墓石も綺麗にして、立ち上がる。

次はいつまた来られるだろうか。もう来られないかもしれない。

もし、ガリアから生きて帰って来られたら、またここで今までのことをすべて両親に報告しよう。だから今日はこれ以上、何も言わずに行く。

俺は来た道を戻っていると、セトが大きな樹の下に立っていた。どうやら、俺を待っていたようだ。

「墓参りが終わったみたいだな」

「ああ、さっき済ませてきた」

「そうか……」

何か言いたそうなセト。しばらく待っていると、彼は深々と頭を下げる。

「改めて、謝らせてくれ。昔のこと……昨日のこと、本当にすまなかった」

「ああ、お前の謝罪はよくわかったよ。だけど……」

俺は黒剣グリードを素早く手に取り、形状を黒弓に変える。

そして黒弓を引くと、俺の魔力によって黒い魔矢が生成されていく。

突然の行動にセトは顔を青くして、硬直してしまう。そのままじっとしていろよ。

「フェイト……お前……まさか」

酷く動揺しているセト。俺は構わず、魔矢を放つ。

歯を食いしばって目を瞑(つむ)っているセトの顔を掠(かす)めて、魔矢は背後にある大木の茂った枝葉の中へと消えていく。

ギャアアア――ッ。

魔物の断末魔の声が聞こえて、大木の上からガーゴイル・ノアが落ちてくる。

「うあああぁぁぁ、魔物がっ⁉」

セトはすぐ後ろに落ちてきた魔物に腰を抜かして、地面に尻餅をついてしまう。

木の上でガーゴイル・ノアがセトを狙っていたが、襲われる前になんとか倒せた。あと少しでも遅かったら、セトは死んでいたかもしれない。

「まだ、生き残りがいたみたいだな」

俺は無機質な声からステータス上昇のお知らせを聞きながら、セトに近づいて手を取って立たせてやる。

まだ放心状態のようだ。話しかけても反応がない。

「おい、しっかりしろ！」

そう言って、頬を軽く叩く。

セトは目をパチクリさせて、またしても地面にへたり込む。

「びっくりした。まさか後ろの木にガーゴイルが潜んでいたなんて……僕はてっきりフェイトが……」

セトはその先を言わなかった。いや、言えなかったのかもしれない。

きっとセトは俺に殺されると思ってしまったのだ。

まあ、あの状況ではそう思われても仕方ない。俺にはセトを攻撃する動機がある。そして、セトにもそうされる負い目がある。

なんとなく、気まずい空気が流れていった。

そこに一石を投じたのはセトだった。立ち上がり、真っ直ぐに俺を見つめてくる。

「フェイト、僕を一発殴ってくれ。これですべてご破算とはいかないけど、踏ん切りをつけたいんだ」

どうするかな……と思っていると、グリードが《読心》スキルを通して言ってくる。

『殴ってやれ。お前のステータス全開でな、フフフッ』

「セトの頭が吹き飛ぶだろっ……こんな時に冗談を言うなよ」

でも、たしかにそうだろう。俺もセトと同じように踏ん切りをつけたい。

ここは、セトの意向に乗らせてもらおう。

「わかったよ。歯を食いしばれ、セト」

「おう」

俺は右拳でセトの頬を殴りつける。

かなり手加減したつもりだったが衝撃は大きく、セトは後ろの大木まで吹っ飛んでいった。

やり過ぎたかな……なんて思っていると、地面に寝転がっているセトは笑っていた。当たりどころが悪くて気でも触れてしまったのか。

駆け寄ると、そうではなかった。この顔を知っている。

俺の父親がよく見せていた笑顔だ。

すべて笑い飛ばして、先に進もう。少なくとも俺には、セトの笑い声がそう聞こえた。

＊

「よかったのか？」

「ああ、もうあの村には住めないから、これでいいんだ」

俺とセト親子は、商人の都テトラに来ている。

セトはあの村から出ることを選んだ。あのまま残っても数人では村を維持できない。それに生き残った村人から、セトの家が無事だったことで謂（いわ）れなき非難を浴びたからだ。

セトにとって、もう限界だったのだろう。父親である村長も死んだことで、後を継がなければならないという責任も無くなった。

俺から見てもセトは、解放されたような清々しい顔をしている。

「これからどうするんだ？」

「この都で仕事を探してみようと思う。あっ、そうだ。これを受け取ってくれ」

セトが渡そうとしたのは、魔物討伐の報酬である銀貨10枚。

俺は首を振って、それを拒否した。

「いらない。お前にやるよ」

「いや、そういうわけには……」

「なら、娘のために使ってやればいいさ。こう見えて、今の俺はお金に困っていないんだ」

「そう言ってくれるなら……正直、助かる」

これから、テトラで一からやり直すんだ。先立つものは必要だろう。

何も持たずに王都へ乗り込んだ俺は相当苦しんだからわかる。こういう時、それなりのお金が必要だ。

しばらくセトと話していたが、お別れの時間が来た。そろそろ南への馬車を手配に向かうべきだろう。乗り遅れて、もう一日テトラで過ごすわけにはいかない。

「じゃあな、セト」

「ああ、また会おう」

「バイバイ、お兄ちゃん」

そうだな。会いたいと思えば、きっと会える。手を振るセト親子に少しばかり後ろ髪を引かれながら、俺はテトラを後にした。

第6話　憤怒の少女

商人の都テトラから荷馬車に相乗りさせてもらい、次なる都を目指す。

いい天気なので、思わず欠伸まで出てしまうくらいだ。

「兄ちゃん、そんな呑気に欠伸して……ちゃんと護衛はできるのかい？」

「すみません」

俺は荷馬車に乗せてもらう代わりに、護衛をしている。といっても、ただではなく、銀貨3枚が成功報酬だ。このお金をもらうためには、この中年の行商人と積荷を目的地に着くまで無事に守り続けないといけない。

盗賊や普通の魔物なら、どうにかなりそうだ。しかし、冠魔物が現れたなら、行商人には積荷を諦めて逃げてもらったほうが賢明だろう。

「それにしても、兄ちゃんは本当に強いのかい？　そうは見えないんだが」

「そこそこ戦えますよ。大体、新人聖騎士くらいの強さかな」

　すると、行商人の男が腹を抱えて笑い出した。危うく、手に持っていた綱を引っ張って馬たちをびっくりさせてしまうところだ。

「おいおい、大きく出たな。聖騎士様と同じだって⁉　悪いことは言わねぇ。嘘でもそんなことをこれから行く都市で絶対に口にするんじゃないぞ」

「なんでですか？」

「そりゃ、儂たちがこれから行く都市は、聖騎士様の領地だからだ。もし、聖騎士様の耳に入ってみろ、不敬罪で打ち首だ。お前さんの軽率な発言に、儂まで巻き添えなんてごめんだぞ」

　二人で仲良く打ち首。考えただけでゾッとする。よし、絶対に聖騎士に関わるような不用意な発言はしないぞ。

　だって、今度こそ宿を取ってゆっくりするんだ。要らないバトルなんてごめんだ。

　テトラでは、故郷に帰ったり魔物退治をしたりと、まともな休息を取れなかったしな。

　そんな俺にグリードが《読心》スキルを介して話しかけてきた。

『いいじゃねぇか、腕試しに聖騎士と戦えば。で、ぶっ倒して気分良く寝る。これだな』

「寝られないだろ。そんなことをしたら都市中の兵士に追い掛け回されるぞ」

『これだから、フェイトは考え方が小せえ。なら、都市を占領すればいいじゃねぇか。それで都市をベッドにして気分良く寝る。これだな』

「ただ気分良く寝るために、なんて強欲な発想だ……」

黒剣グリードの突飛な発想に呆れていると、左右を沢山の大岩で囲まれた峠道で急に馬車が止まった。

ん？　なんだ？

左右を見回す。両側にある大岩に結構な数の男たちの姿。皆が手に武器を持って、明確な敵意を示していることは明らかだった。後ろをみればいつの間にか退路まで断つように囲まれているではないか。疑うことなく待ち伏せされていたようだ。奴らのあの薄ら笑いから察するに、ここへ来る前から目をつけられていたのかもしれない。

まずいな……全く気が付かなかった。護衛失格だな……黒剣グリードを鞘から引き抜いて構える。

すぐさま《鑑定》スキルで男たちを見てみると、ステータスは大したことがない。しかし、三十人以上いるので、一人ずつ相手をしていては、行商人を守りきれないおそれがある。なら、一気に第一位階の奥義であるブラッディターミガンを使うか……だが、それでは火力が強すぎて野盗の全員を殺してしまうだろう。

できれば、それは避けたいところだ。相手が悪そうだからと言って、出会い頭に問答無用で屠れるほど俺は非情になりきれない。

煮え切らない俺に行商人が悲鳴を上げながら、抱きついてくる。

「ひゃあああぁぁ……殺される！　兄ちゃん、聖騎士様並に強いんだろう、どうにかしてくれ！」

「わかったから、離れてくれ。戦えない！」

そんな俺たちを見て、大岩の上にいた野盗のリーダーらしき男が馬鹿笑いしながら言ってくる。

「おいおい、聞いたか！　お前ら！　あの痩せた若造が聖騎士様並にお強いんだとよ。これは滑稽だ。儂らに囲まれて気でも触れたみたいだ」

その言葉に、周りの野盗たちはどっと笑い始めた。

手慣れているんだろう。自分たちの優位性をひけらかすことによって、相手を萎縮させようとしている。

案の定、俺にへばりついている行商人のオッサンは、更に震え上がってしまう。あとひと押しで失禁しそうな勢いである。

ここまできて迷ってはいられないか。相手が俺たちを殺そうとしているのは間違いない。

それなのに俺がそんな奴らの心配までするのは、驕りだろうな……。

意を決して、黒剣を黒弓に変えようとしていると、一歩早く大岩の上から野盗のリーダーが声を張り上げる。

「野郎ども、獲物はブルっているぞ！　一気に殺っちまえぇぇっ！」

来る！　そう思って身構えて、予想を超えたものがきた。

「えええええっ、マジか⁉」

大きな爆音と共に、野盗たちの悲鳴が上がる。足場にしていた大岩が砕け散ったのだ。

こちらへ向かって飛んでくる岩の破片や、野盗を叩き落として、なんとか行商人と荷馬車を守り通す。なぜ……あの野盗たちの足場となっていた大岩がはじけ飛んでしまったのか、その理由はすぐに判明した。

「女の子⁉」

見覚えがある褐色の肌をした少女が姿を現す。

そう、ハート家の領地で出会ったガリア人だ。体中に刻まれた白い入れ墨が印象的で、体格に似合わず大きな黒斧を持っている。

大人しそうな顔をしているくせに、堂々と崩れた大岩の上を歩いてこちらへやってくる。

そして先程の凄まじい衝撃によって、大岩の上でふんぞり返っていた盗賊たちは今や、手と足がありえない方向へ折れ曲がっていたるところに転がっている。だけど、彼女は興味なしと言わんばかりに目すら向けることはない。それどころか、たまに何人かを踏みつけてさえいる。彼女にとっては、盗賊たちはそこら辺に転がる小石同然なのかもしれない。

俺の後ろから男たちの悲鳴が聞こえた。退路を妨害していた残りの盗賊の声だった。この異常ともいえる惨状に、震え上がり声を上げて脱兎のごとく逃げ去ったのだ。

ガリア人の少女は俺とゆっくりと向き合って荷馬車の前に立ち塞がった。そして、まったく動こうとしないのだ。そんな彼女にこの場を一刻も早く逃げたい商人が堪らず、言う。

「お嬢ちゃん、助けてくれてありがとう。今のうちにここを立ち去りたいので、そこを退いてくれないか」

「いや。だけど、私も乗せてくれるなら、退く」

「……わ、わかった。乗っていきな。幼い顔して、とんでもない力を持った……肝が据わった子だな」

行商人はガリア人の少女から発せられる異質さに折れて、荷馬車に乗ることを許可した。まあ、そうしないとあの大岩のようにされかねないし。これは交渉ではなく、ほぼ強制である。

それに彼女からは、乗せないとこの黒斧で何をするかわからないぞみたいなオーラをまじまじと感じたからだ。

まさに、物を言わぬ脅迫ヒッチハイクだ。しかし争わずして平和的に解決できるなら、行商人としては、これくらい大した問題ではないようだ。積荷を巻き込んで暴れられるくらいなら、乗って行ってくれ状態である。それにあれほどの強さを見せつけたのだ。俺よりも役に立つと思われてそうでもある。

俺は先程の襲ってきた野盗たちを見回す。死んではいないようだけど、骨の数本は折れているようにも見える。もうこれにこりたら、悪いことはするなよと思いながら、ガリア人の少女へ視線を戻す。

彼女は持っていた黒斧を荷馬車に積み込むところだった。

「よっこいしょ」

「うあああぁぁ」

荷馬車に置いた黒斧があまりにも重かったため、大きく馬車が傾いたのだ。

慌てて行商人が、抗議する。

「馬車が壊れてしまう。それを降ろしてくれ！」

「ああ、そっか。スロース、元に戻って」

ガリア人の少女が黒斧を軽く小突くと、馬車の傾きが元に戻る。おそらく、何かをして黒斧の重さが大きく減ったのだろう。普通ではありえない現状に行商人は変な笑みをこぼしている。

俺は彼女が持つ黒斧がどこか黒剣グリードに似ていたので、こんなこともありえなくはないと思えてしまう。だって、グリードは片手剣や魔弓、大鎌に形を変えられるから。だから重さが変えられる武器くらいあってもおかしくはないはずだ。

一時は荷馬車が壊れるかと思ったが、ホッと一安心だ。

そしてガリア人の少女は俺の横に腰を下ろす。

「また会えた」

「……そうだね」

会えたというより、あの野盗と同じように待ち伏せしていたといった方がしっくりくるような。

そんな俺を見透かすように、彼女は言う。

「私はマイン。そろそろ、ガリアへ向かう頃だと思っていた。そうだ、あなたの名前を聞いていなかった。教えて？」

なんだろうか、口調は柔らかなのに、教えないと私はものすごく怒るぞという気迫は……。

おそらく、マインの両目――忌避（きひ）されるくらい赤い目が俺にそう思わせるのだろう。

この目は俺の中の暴食スキルが飢えて飢餓状態に陥った時と、とても似ている。

「聞いてる、教えて」

「フェイト・グラファイト」

「……憶えた。暴食のフェイトね」

ん⁉　俺は一言も暴食だなんて言っていないぞ。

そんな俺に、マインは行商人に聞こえないようにそっと耳打ちする。

「同じ大罪スキル保持者だから、わかって当たり前。フェイトがわからないのは、まだ未熟だから」

「そうなのか……じゃあ、君は」

「私は、憤怒スキル保持者。あなたと同族。あれ、グリードから何も聞いていない？」

マインは首を傾けて、黒剣グリードを眺める。

うん、何も聞いていない。だって、こいつは勿体振って話してくれないからさ。

試しにグリードに問いかけても、反応なしだ。野盗に襲われたときから、狸寝入りを決め込んでいる。

大罪スキル……それに憤怒スキルか……。俺の暴食スキルと似たような力を持っているのだろうか。マインに聞いてみたいが、行商人がこちらの様子を窺っている。

今はこれ以上、話すのは良くないだろう。

それでも気になってしょうがない俺にマインは言う。

「これからわかる。だって、フェイトは私に借りがある。それを返してもらうまで一緒にいてもらう」

借り？　もしかしてハート家の領地でのコボルトの件か。あの時、マインはコボルトを譲るから貸し一つと言っていた。

そして、俺はコボルトを狩って渓谷を破壊した惨状をマインのせいにしてしまっていた。うん、これは確かに大きな借りだ。

しかし、今の俺にはやることがある。

「それは困る。俺はガリアに行くんだ」

「知っている。私の行く方向も同じ、丁度いい。ガリアに行くついでに、手伝って」

手伝ってなんて言っているが、あの目は「強制だよ、拒否するならあの野盗と同じ目にあわせるよ」と言っているようにしか見えない。

方向も同じだし、俺にも知りたいことがあるし、しばらく同行しよう。

「わかったよ」

「うれしい。これから、よろしく」

それだけ言うとマインは、俺の横で寝てしまった。なんていう早業だ。

あっ、グリードが言っていたっけ、一流の武人はいかなる時でも、休息が取れるって。

それが本当なら、マインは一流以上の武人かもしれない。そして、憤怒スキル保持者か……。さっきの野盗ごと豪快に大岩を砕いていたな。敵と見なした相手には容赦はないように見えた。

この可愛い寝顔からはあのような戦い方をする娘には見えない。

俺たちの会話が終わったのを見計らって、行商人が声をかけてくる。

「おっかないお嬢ちゃんは寝たようだな。それにしても、兄ちゃんの知り合いだったのか。それならそうと言ってくれ」

「知り合いってほどではないです。一度だけ会った程度で、彼女のことをほとんど知らないんです」

「その割に、お嬢ちゃんは友好的だったな。儂なんか、めちゃくちゃ睨まれたぞ。この歳でちびりそうになった……」

その後は野盗や魔物に出会うことなく、進んでいった。あまりにも平和すぎて、これから何かが起こるんじゃないか、そう思わせるほどに静かに時間は過ぎていった。

「おお、見えてきたぞ。目的地、聖騎士様の都だ」

「これは……」

外観はまるで王都のように堅牢だ。

そこを治める聖騎士の性格を表しているかのような、白く高い壁に囲まれた城塞都市だった。

第7話　管理された都市

白き塀に見下(みくだ)されるような圧迫感。やはり、聖騎士が治めるこの都市は他と比べて、何かが違う。

それは、おそらく拒絶。自分が信じるもの以外認めないという冷たさを感じてならない。

荷馬車は、正面の巨大な門を通って、中に進んでいく。

うあぁ……なんて大きな建物なんだ。それも幾つも……ここからあれほどの大きさを感じるくらいなので、近くで見ればもっと壮観だろう。

しかし、白い外壁の中に入っても、更に同じくらい高い壁で区画が仕切られている。王都でも内部までこれほど高い壁を設けないぞ。

おまけに区画へ入る門では、厳重な警備が行われている。

「なんか……閉鎖的な都市ですね」

「まあな、ここを治める聖騎士様は、領民たちに厳しい階級制を課している」

行商人の男は、階級は所持しているスキルによって分けられていると教えてくれた。

1．聖スキル……聖騎士
2．攻撃スキル……武人
3．生産スキル……職人・商人など
4．その他不遇スキル……農奴(のうど)

この領地を支配する聖騎士はもちろん頂点だ。そして、魔物と戦える武人は次に偉い。三番目は聖騎士や武人の武具を作る職人、またはそれで商いをする商人。

ここまでが、生まれ持ったスキルに恵まれた人たちだ。

最も底辺になるのが不遇スキル持ちの人。あってもなくてもいいようなスキルや単体では意味をなさないスキルが該当するという。

例えば、ステータス強化系のみの保持者がその典型だろう。魔力強化（小）を持っていても、肝心の魔法スキルがなければ意味がない。

筋力強化（小）なら、片手剣技や大剣技を持っていなくても弱い魔物くらいなら倒せそうだ。しかし、領主である聖騎士様が、武人として必要なスキル構成を事細かに決めている。なので、それに沿わない者は武人として認められないのだ。

俺は心底、この領地で生まれなくてよかったと思った。表向きはただ腹が減るだけのスキルなので、発覚した段階で農奴にすらなれずに、処分されてしまうかもしれない。

お前のような穀潰しは、領民にしておくのも穢らわしいとか言われそうだ。ああ、ブレリック家で門番の日雇いバイトをしていた頃を思い出す。それと似たようなことがこの都市という場所で大規模に行われているのだ。

「旅人にも階級制は適応されるんですか？」

「ハハッハッ、さすがにそれはない。そんなことをしたら、外から誰も領地へやって来なくなる。人の往来がなくなって物流が滞ったら、マズいだろう」

「たしかに……それを聞いて安心しました」

「まあ、兄ちゃんたちは武人だから、ここの領民になれば、それなりの暮らしができると思うぞ」

武人が優遇された領地か……。でも、武人は魔物と戦うのが仕事。

ここぞという時に、聖騎士に召集されて、肉壁にされたら笑えないな。こんな階級制をつくってしまう聖騎士だ。ろくなやつではない気がする。

「俺にはやることがあるので、ここに長居する気はないです」

「そうか。あとな、何度も言うが聖騎士様の悪口を言うなよ」

「はい、ご忠告ありがとうございます」

荷馬車が止まり、控えていた都市の役人たちがやってくる。これから、商売の交渉というわけだ。

「兄ちゃん、成功報酬の銀貨3枚だ。受け取ってくれ」

「はい、また縁があったらどこかで」

「おう。そんときも、護衛を頼むぞ」

何もしていないのにお金を貰うのは気が引けたが、護衛などこういう仕事だ。必ず戦わなければいけないというわけではない。結局は雇用主を無事に目的地へと送り届ければ良いのだ。俺は暴食スキルのせいで、魔物と戦い続けてきたので変な感覚が染み付いてきているのかもしれない。

俺は、まだ眠っているマインを起こす。

「お〜い、着いたぞ」

「あと……一日」

「どれだけ寝る気だよ。起きろって！」

そう言って無理やり起こそうとした時、だんまりを決め込んでいたグリードが、久しぶりに語りかけてくる。

『やめておけ。こいつは寝起きがくっそ悪い。下手に怒らすと大変なことになる』

「大変って？　どうなるんだよ？」

『こいつが本気になったら、この都市など跡形もなく消し飛ぶ。瞬発力なら大罪スキルでトップクラスだ。背負っていくしかないだろう。あと、そこにあるスロースも忘れるな。あれを忘れたら、これもまたブチ切れる可能性があるからな』

どれだけ怒ったマインは怖いんだ？　グリードが危険視するくらいなので相当なのだろう。

それにしても、やっとグリードが口を開いたな。

「なあ、グリードはマインと知り合いなのか？」

『遠い昔からの腐れ縁だ。まだ、生きていたとは驚きだな……しぶとい女だ。いい加減、もう取り戻せないことは、諦めればいいものを……』

「それってどういう？」

『知らん、俺様には関係ない。関わりたくもない』

それっきりグリードはまた心を閉ざしてしまう。知りたければ、本人から聞けということだろう。そして知ってしまえば面倒なことに巻き込まれるぞ、そうとも言いたそうだった。

でも、もう遅いんだよな。俺は彼女の手伝いとやらをしないといけない。

おそらく、大罪スキル絡みかもしれない。保持者は俺やマインだけのような気がしない。

マインは言った。保持者なら、他の保持者を感じることができると。

なら、俺にそう思わせるこの感覚もまた……マインと同じものかもしれない。

しかし、俺はガリアに行く。マインが何を求め、何を成したいのかは知らないけど、今回一回だけ力を貸すだけだ。

そこから先は、また別の道を歩めばいい。

俺は寝ているマインを背負う。やはり、読心スキルは発動しない。ハート家の領地で鑑定スキルを使って何も見えなかった時と一緒だ。彼女にはスキルが効かないんだ。

なら、スロースという黒斧は、グリードと同じように心を持っているのだろうか。

おお、これは《読心》スキルが発動するぞ！

『ぐぐぐぅぅぅ、ムニャムニャ……ぐぐぐぅぅ、ムニャムニャ』

寝ている。この武器、寝ているぞ。軽く小突いてみても、全く起きない。

ダメだ、俺では起こせない。なんてぐうたらな武器なんだ。

グリードの性格も大概だが、このスロースという黒斧も負けてはいない。

その様子にグリードが《読心》スキルを通して笑い出す。

『相変わらず寝てばっかりのやつだな。この怠惰は』

「起こせないのか？　話してみたいんだけど」

『お前には無理だ。起こせるのは、使用者のみだ』

癖のある武器だな。グリードもそうだけど……。あっそうだ。

「なあ、グリードやスロースのような武器をなんていうんだ。それくらいは教えてくれよ」

『……いいだろう、俺様たちは大罪武器だ。聖剣なんていう玩具(おもちゃ)よりも遥かに格上の存在だ』

たしかに聖剣よりは格上だろう。だって、ブレリック家のハドが持つ聖剣をやすやすと折ってみせたのだ。

そして、グリードは位階を解放することで、新たな姿と力を持つことができる。俺の方はもりもりとステータスを吸われてしまうが、そのおかげでここまで戦ってこられたのは確かだ。

この爆睡するスロースもおそらく、何らかの力を秘めているのだろう。そういえば、荷馬車に載せた時、あまりの重さで荷台が傾いていたっけ。重さ……う〜ん、それだけではないような気がする。まあ、この先マインの戦いを見れば、すぐにわかることだ。

行商人と役人の交渉が終わり、積荷の搬入が始まる。邪魔をしないようにさっさと立ち去ろう。

マインを背負って、黒斧まで持ったら、手一杯だ。黒斧の柄をうまく利用して、マインをおんぶする。

このまま都市の中を散策するわけにはいかず、俺はまず宿屋を探すことにした。

積荷の搬入場から、街の中へ入ると石畳が続く道の両側には街灯が整然と立ち並んでいる。さらにその先にはこれみよがしに大きな噴水が噴き出していた。あれほど水を管理できるのなら水道の設備も大掛かりなものとなるはずだ。ざっと目に入るだけでインフラがかなり整備されており、地方都市とは思えないくらいだ。王都に匹敵すると言ってしまっても過言ではない。

農園の中に住宅が転々としている田舎のような領地とは、真逆だ。いかに合理的に都市を作るかのみに重きを置いたら、こういった街並みになってしまうのかもしれない。

道を進んでいくと、警備している兵士たちに止められる。悪いことをしていないのになぜ？

「お前は旅人だな」

「はい、宿を取ろうと思って探していました」

俺が素直にそう答えると、兵士は反対方向を指差す。

「なら、向こうに旅人用の宿がある。そこに泊まるといい。この先の区域は領民しか進めない」

なんと⁉　この都市は旅人に行動制限を課しているのか……。徹底しているな。

そして、俺は兵士の首元に黒い入れ墨が彫り込んであるのに気がついた。

試しに聞いてみると、

「これが領民の印、そして、武人の身分も表している」

「あの……領民たちすべてに階級ごとにそれをつけているんですか？」

「ああ、そうだ。それがこの領地での決まりだからな。さあ、引き返すのでなければ、牢屋に入ることになるぞ」

それは勘弁。俺はそそくさと、教えてもらった宿屋を目指す。この都市は怖いくらい厳格だった。

第8話　滅びの砂漠

警備兵に教えてもらった宿泊施設は、旅人をまとめて収容できるほどの大きさだった。遠目からでも、その大きさを実感できるほどだ。

他の旅人の波に乗って中に入ってみる。

「これはすごいな……」

たくさんの商店が併設されており、外に出なくてもすべてが揃ってしまいそうだ。この都市ではよそ者に行動制限をかけているので、そのための配慮だろう。

寝ているマインを背負いながら、キョロキョロしていると施設の従業員が声をかけてくる。

「お泊まりですか？」

「はい、二人です」

「かしこまりました。では、こちらへ」

丁寧な接客に感心しながら、従業員の後についていくと、大きな中央階段が見えてきた。中央が吹き抜けになっており、そこへ階段が設けられて上の階に行けるようになっている。下から見上げれば、部屋が数え切れないほどあった。

「足元にお気をつけください。お客様の部屋は三階となっております」

「ここから見ても部屋数が相当ありますね。どれほどあるんですか？」

「この宿泊施設は五階まであり、各階に五百部屋。合わせて二千五百部屋となっております」

二千五百部屋とは圧巻である。王都でもこれほどの部屋数を持った宿泊施設はなかった。大きくて千部屋程度だ。

「初めて訪れた皆さんが驚かれます。この都市自慢の宿泊施設ですから。お気づきだと思いますが、この都市では他所（よそ）から来た方に行動制限がかかっています。そのため、旅人や行商人などの一時的な宿泊施設として、ここが運営されています」

「そこまでするのは、都市をうろつかれて悪さをさせないためですか？」

従業員は言葉を濁しながら、ゆっくりと頷く。

「でも、この宿泊施設内ならお客様の自由です。お持ちの武器も所持してもらって構いません」

「それは助かります。武器を取り上げられたら、丸裸同然ですから」

訪れた知らない都市で、宿に泊まるためにいきなり武器の所持まで禁止されたら怒る者もいるだろう。

もし寝ているマインが黒斧を取り上げられたら、ブチ切れそうな予感がする。少なくとも大岩を粉砕するだけの力があることは確かだ。なので憤怒スキル保持者がどれほど強いかまだわからないが、大暴れしてただで済むとは思えない。武器の所持を許可されて、思わずほっとしてしまった。

階段を上り、部屋の前まで到着すると、従業員が思い付いたように尋ねてきた。

「お客様たちは、装備を見るに武人の方でしょうか……」

不意の問いかけに訝しみながらも頷くと、

「それならサンドマン狩りをやっていかれたらどうですか？　都市からそれなりに賞金が出ますよ」

これは渡りに船か！　ちょうど暴食スキルが腹を空かせ始めているところだ。

「ぜひ、教えてください。俺は腹が減って……いや、一稼ぎしたいと思っていたところなんで」

「それはこちらとしてもありがたいです。この時期、サンドマンは活発化しているので、都市にいる武人たちだけでは手が回らないのです。だから、外部から武人を呼んで増援しているんです」

なるほど、猫の手も借りたいというわけか。

俺は詳しい情報を聞くために従業員と共に部屋の中に入り、マインをベッドに寝かせ、黒斧を壁に立てかける。

それほど広くない部屋には、簡素なテーブルと椅子二つがあったので、そこに座り、サンドマンについていろいろと教えてもらった。

サンドマンは都市から東に進んだ砂漠にいるという。

砂漠にだけ住む魔物なので、ほっといていいのではと思ったが、討伐(とうばつ)に固執(こしつ)する理由はちゃんとあった。

この魔物は自分たちの生息域を広げるために周りの緑を砂漠化していくそうだ。何も対処しなければ、増え続けてどんどん砂漠を広げる。

近くには水源となる森や広大な農地があり、もし砂漠化してしまえば、領地に住む人々が生きていけなくなる。

なんとなく聞いていたが、サンドマン狩りは領民たちにとっても死活問題だった。だから、この従業員も俺たちが武人だとわかると、サンドマン狩りを勧めてきたのだろう。

俺は二つ返事で了承する。サンドマンは夜行性なので、これからすぐに砂漠へと行くことにしよう。

「サンドマンは砂の体をしており内部に赤いコアがあります。それを割るか、ヒビを入れると倒せます。死んだら、コアの色は赤から青へと変わります。そのコアを施設内の交換所に持っていってもらえれば現金とお引き換えいたします。では、よろしくお願いします」

従業員は頭を下げて、部屋を出ていった。

さて、俺は砂漠に行くのだが……この爆睡中のマインはどうしようか。何も言わずに出ていったら怒りそうだし、無理に起こせばこれまた怒りそうだ。そんな気がする。

仕方ない。メモ書きを置いていこう。

俺は、都市の東にある砂漠に行ってサンドマンを狩ると書き置きする。そして、マインの穏やかな寝顔を見て……ふと魔が差してしまった。

ペンを片手に、彼女の両頬に猫のひげを三本ずつ、丁寧にしっかりと描いてみる。なかなかの完成度ではないか。よく似合っている。

さあ、大猫が寝ている間に、サンドマン狩りに勤しもう。

手に持った黒剣グリードが《読心》スキルを通して、言ってくる。

『フェイトよ、恐れを知らないやつよ。マインにあんなことをしておいて、俺様は後でどうなっても知らんぞ』

「ちょっと顔に落書きしたくらいで、大袈裟だな」

これから砂漠へ向かえば、着く頃にはちょうど夜になるだろう。そうだ、聖騎士の領地だし、あんまり派手に戦うと悪目立ちして面倒に巻き込まれるかもしれない。できるだけ素性は隠していた方が賢明だ。

なら、あれの出番だな。王都を出てから、ずっと使っていなかった認識阻害の機能を持つ髑髏マスクをバッグから取り出す。

砂漠に入ったら、髑髏マスクをつけて、盛大にサンドマンを狩ってやる。なら、黒い外套も着て行ったほうがいいか。さらに、黒剣グリードを黒鎌に変えてやれば……これはもうどこに出しても申し分ない、魔物リッチの出来上がりだ。まあ、そこまではなりきらないけど。

だけど、そろそろリッチ設定は、無くしてもいいんじゃないかと思う。

もう、王都で使用人だった頃の二重生活とは違う。

そうだな……髑髏マスクを被った武人ムクロとでもしておくか。

これで、砂漠で魔物の魂を喰らいまくっても、俺だとはバレないだろう。

あとは、交換所で提示するサンドマンのコアをヘイト上限となる十個に抑えておけば変に勘ぐられないはず、完璧だ。

そんな俺にグリードは言う。

『だと、いいんだけどな……』

「出だしから不吉なことを言うなっ」

俺は寝息を立てているマインに小声で、「行ってきます」と言って部屋を出た。

階段を下りていくと、幾人かの武人たちも俺と同じように装備を調えてホールに集まりだしていた。おそらく、サンドマン狩りのパーティーだ。次第に人数は増えて、計二十人。かなり大掛かりな狩りをするようだ。

彼らとは鉢合わせにならないように気をつけよう。折角の食事に邪魔をされたくはない。

久しぶりに、気の赴くまま自由に狩りをしてみたい。

ん？　なんでこんなに駆り立てられてしまうのか……嫌な予感がして、黒剣を鏡のように使って、瞳を見ると……やはり右目が赤く染まっている。

俺は半飢餓状態に陥っていた。

「参ったな……もう片目を持っていかれている」

『フェイト、お前は暴食スキルに流されすぎだ。少しは耐えることを知ったほうがいい。そうだな……このサンドマン狩りでは、半飢餓状態をギリギリで維持しながら戦ってみろ。それによって、暴食スキルに抗う術を身に付けていけ』

グリードは簡単そうに言ってのけるが、身のうちから俺を支配しようとする本能にも似た欲求は、とても抗い難い。たまに自分のものと間違えてしまうほどだ。

でも、やっていくしかない。少しずつ少しずつでも抗う力を身につけないと……その内……全部が呑み込まれる。そんなことは俺自身が一番わかっているさ。

『お前の中で蠢く暴食スキルとちゃんと向き合える落とし所を見つけなければ、そう遠くない未来に、お前はお前として生きてはいけなくなる』

グリードの言葉が重く俺にのしかかった。

第9話　重なる衝撃

　俺は宿泊施設に集まっていたパーティーの後を、こっそりと尾行している。

　理由は単純。二十人もの大パーティーの狩りというものをこの目で見てみたかったからだ。

　黒い外套を着て髑髏マスクを被った俺は怪しさ満点なので、彼らに見つかってしまえば、ただではすまないだろう。

　二十人の武人たちに囲まれて、そのまま戦闘になってもおかしくはない。

　それでも、やっぱり見てみたい。互いの長所を高め合い、短所を補い合うチームワークを知りたいと思ったのだ。俺の場合は、それを一人でこなさなければいけないので、きっと彼らの戦術は参考になるはずだ。

　あと、グリードが言った飢餓状態に耐える訓練も兼ねている。目の前に魔物がいても、欲望に負けることなく、じっと我慢できるか、試してやる。

この感覚は目の前に餌を置かれてお預けされた犬に近いと思う。そして、その餌は他の者に狩られてしまうとわかっている。こんな状態で、暴食スキルが怒り狂わないか心配だ。まあ、まだ半飢餓状態なのでどうにかなるだろう。

雲が出てきて薄暗い夜なのに、尾行している武人たちは明かりもつけずに歩いている。う～ん、二十人すべてが暗視スキルを所持しているとは思えない。なら、どうして……。

その答えをグリードが《読心》スキルを通して教えてくれる。

『お前の髑髏マスクと同じ、魔道具の一種を奴らは持っているのだろうさ。魔物は夜行性タイプが結構いる。それを狩るため、暗視スキルと同じ効果を持つ魔道具は必須だったのさ。ガリアでは量産されていたから、暗視効果を持つ魔道具は世界中でかなり出回っているはずだ。しかし、今では製法が失われているため、高級品でおいそれと買えるものではないがな』

「なるほどな。俺はスキルがもりもり増えていくから困らないけど、普通ならいろいろと装備を調えないといけないのか。お金がいくらあっても足りなそうだな」

思い返してみれば、俺の基本装備って黒剣グリードだけなんだよな。髑髏マスクは正体を隠したい時に使うだけだし。

「俺も装備を増やした方がいいかな？」

『ハハッハッ、お前にそんな小細工は必要ない。お前には暴食スキルがある。ステータス・スキルを増やし放題。他の者はそれが出来ないから、魔道具などに頼るのだ』

グリードは、自身を強化するために魔道具を買うなど愚の骨頂。そんなことより有用なスキルを持つ魔物の魂を喰らってしまえば、解決するだろうという。まさにその通りである。

そうなんだけどさ。魔道具をいろいろ集めて所持するって、なんかいいじゃん。

そんなことを思念に乗せると、グリードに鼻で笑われた。

『はっ、そんな不要なゴミをたくさん持って旅をするのか？　邪魔なだけだ。持ち物は俺様だけでいいんだよ！』

魔道具をゴミと言い放ったぞ。そして、痛烈なグリード押しである。

まあ、第二位階まで解放しておいて、今更グリードを失うなんて考えられないのは確かだ。しかし、それを本人に伝えると、ものすごく調子に乗りそうなので、絶対に言わない……言わないぞ。

俺は唯一所持している魔道具——髑髏マスクに手を当てる。お前だけは大事にしよう。

しばらくは武人ムクロとして、正体を隠すつもりだからだ。特にロキシー様の前ではフェイトとしていられない。もしガリアで再会してもこの仮面を被り続ける。

だって、ガリアに行けば、魔物共を喰い散らかす……ことは避けられない。そんな化物じみた姿を彼女だけには見られたくない。もし、彼女に否定されたら、俺はガリアに来たことすら後悔してしまうだろう。そんな状態でまともに戦えるとは思えない。だから、この俺のすべてを隠してくれる髑髏マスクはどうしても必要だ。

『おい、フェイト。仮面に固執して自分を見失ってしまうと、それが心の隙間となって暴食スキルに付け込まれるぞ。頼るなら、俺様にしておけ！』

「わかったって、俺様押しはわかったから……頼りにしているよ」

『ハハッハッ、よく言った。大船に乗った気でいるといい』

泥舟じゃないことを願いたい。だって、グリードはなんでも大きく言う癖があるからさ。第二位階の時も、事象を断つなんて言っていたが、蓋を開けてみればスキル限定だったわけだ。まあ、それでも十分強いんだけど……。

ようは、グリードの調子のいい発言を鵜呑みにしていると痛い目に遭うことが多々あるのだ。

グリードの笑い声に頭痛を覚えながら、一定の距離を保って武人たちの後を追う。次第に、足元が草原から荒野……砂漠へと変わっていった。

「かなり大きいな。地平線の向こうまで砂漠だ」

『サンドマンが長い年月をかけて、せっせと生息域を広げているんだろう。この調子なら、千年後にこの領地は砂漠に沈みそうだな』

千年か……気が遠くなる話だ。俺は少なくとも寿命が尽きて生きてはいないだろう。

初めての砂漠に俺はちょっとだけ興奮しながら砂山を作っていると、尾行していた武人たちが戦闘を始めた。

『始まったな』

「おう、お手並み拝見だ」

しばらく、戦いを見守っていたが、どうやらこの大パーティーは魔法メインの構成みたいだ。

火炎魔法を扱う魔術士の五人が主体となって、サンドマンを倒している。残りは盾役兼サンドマンを集める役が十人。あと、予期せぬ行動を取るサンドマンを引きつける役の剣士や槍士が五人……といった具合だ。

皆がしっかりと役割を果たし、サンドマンを一箇所に集める。そして、火炎魔法で焼き払う。遠目からは、簡単そうな流れ作業のように見える。

それは、そう見えてしまうほど彼らの手際がよく無駄がないのだ。これぞ、サンドマン狩りに長けた武人たちの仕事である。

俺がそれを見ながらいたく感心していると、グリードの欠伸が伝わってくる。

『つまらん、狩りだな。同じことの繰り返し、まったくもってつまらん』

「だったら、どういう狩りがいいんだよ？」

『サンドマンごと辺り一面を吹き飛ばす、これだな』

アホか……俺はハート家の領地で破壊した渓谷を思い出す。あんなことをしたら、後が大変なんだよ。

それに、半飢餓状態で耐えながら戦うんだろうがっ。

「豪快過ぎる戦いをすれば、一気に暴食スキルが満足してしまうだろ。今回の耐え凌ぐ話はどこにいった？」

『睨むな、睨むな。例えばの話だ。今、それをやれとは言っていないぞ。さあ、フェイトよ！　そろそろ、俺様たちもサンドマン狩りを始めようぞ！』

グリードが提案してきたのは、ゴブリン狩りの時のように片っ端から倒していくのではなく、1匹ずつ間隔をおくものだ。

サンドマンを1匹倒して、しばらく暴食スキルから湧き上がってくる疼きに耐える。そして、次のサンドマンを狩るといった具合だ。

今も何気に……暴食スキルからくる飢えの大波に流されそうで結構やばかったりする。

大パーティーの武人たちの狩りを観戦しながら長い時間を耐えたので、そろそろサンドマンの1匹を狩ってもいい頃だ。

俺は尾行をやめて、仲良く狩りをする彼らから離れるように歩き出す。

砂の山を幾つも越えていくと、1匹のサンドマンを発見した。

早速、《鑑定》スキルを発動。

サンドマン　Lv30
体　力：1760
筋　力：890
魔　力：1330
精　神：1760
敏　捷：100
スキル：精神強化（中）

ガーゴイル・ノアに毛が生えたくらいの強さだ。ナメクジのように歩く様からもわかっていたが、やっぱり敏捷が低い。よほどのミスをしない限り、俺が捕まることはないだろう。

さて、どうやって倒すか。先程の大パーティーの魔術士は炎系魔法でサンドマンを焼き払っていた。たぶん、炎が弱点なのだろう。

なら、ガーゴイルから奪った炎弾魔法の出番だ。

ちょっと距離が遠すぎる感じもするけど、やってみるか。俺は左手をサンドマンに向けて、《炎弾魔法》スキルを念じた。すると、手の前に紅蓮の火の玉が構成されていく。

うん、魔法って発動まで時間がかかるな。出来上がった火の玉を、サンドマンに狙いをすませて、放つ。

「あれっ⁉」

『ハハッハッ、フェイト。お前……下手くそ過ぎ。そこには何もいないぞ』

俺が放った炎弾魔法はサンドマンにも届かず、さらに方角すら違う場所に着弾した。

砂が盛大に燃え上がる。そしてサンドマンが、俺に気が付いてのっそりと動き始めた。

あの速さなら俺のところにやってくるまで、かなり余裕がある。

『プッ……どうした。暴食スキルの疼きで手元が狂ったのか？』

「笑いたければ、笑えばいいさ。初めての魔法だから、あんなものさ。次こそは……」

そんな俺に、急に笑うのをやめたグリードが言う。

『仕方ない。俺様が力を貸してやろう。形状を魔弓に変えろ』

言われた通り、黒弓にしてサンドマンに向かって構える。

「このまま、いつものように魔矢を放つのか？」

『違う。魔矢を放つ前に炎弾魔法を念じてみろ』

黒弓を引き、俺の魔力から矢を精製。いつもならここで、矢を放つ。

今回は更にもう一手間加えろと、グリードは言うのだ。

物は試し、頭の中で《炎弾魔法》と念じてみる。すると、黒い矢が赤く燃え上がった。

「これは……炎を宿した矢なのか」

『どうだ。俺様の魔弓は、矢にお前の魔法を上乗せできる。つまり、フェイトが持つスキル次第で属性攻撃も可能というわけだ』

しかも、魔法みたいに発動まで時間がかかることがない。魔術士ではできない、連射魔法が可能だという。

いけっ。放った炎の魔矢は寸分違わず、サンドマンの頭に命中する。

『使い心地はいいか？』

「ああ、最高だ！　必中だしな」

燃え上がるサンドマンを見ながら、普通に魔法を使うのはやめにした。今後は黒弓を通して、使っていこう。そのほうが俺に合っている。

《暴食スキルが発動します》

《ステータスに体力＋１７６０、筋力＋８９０、魔力＋１３３０、精神＋１７６０、敏捷＋１００が加算されます》

《スキルに精神強化（中）が追加されます》

サンドマンの魂を喰らい、少しだけ満たされた俺は目を瞑る。

さて、これからしばらくは狩りを中断して、暴食スキルの飢えに耐える時間だ。果たしてこれを繰り返して、半飢餓状態の先にある飢餓状態を押さえ込めるようになるのだろうか。今はグリードの言葉を信じるしかない。

第10話　砂塵を囲む豪腕

うぇ……疲れた。俺は砂の上に大の字で寝転がる。

肉体的にではなく、精神的に疲れた。

暴食スキルからくる飢えに耐えつつ、サンドマンの魂を啄むように狩っていくのはとても根気のいる作業だ。

例えば、喉がカラカラに渇いているのに水を一滴ずつ、それも時間を空けながらしか飲めないような感覚。こんなに喉が渇いているのに、なんで一気に飲めないいんだっていう行き場のない怒りすら覚えてしまう。

俺はそんな我慢狩りを数時間続けているのだ。

「グリード、そろそろ満たしていいんじゃないかな……夜が明ける前に都市に戻りたいし」

『そうだな。最初にしてはよく頑張ったほうだ。無理をして発狂されても困るし、これくらいにしておくか』

俺の監督役になっていたグリードのお許しも出たので、もりもりサンドマンを狩っていこう。夜明けまではまだ時間もあるし、これから暴食スキルの飢えを満たすために狩りを進めても、十分に時間がある。

では、早速。半飢餓状態になっているので、身体能力はいつもよりも強化されている。立ち上がって、クンクンクンクン……。今なら鼻で魔物がいる方向すら、嗅ぎ分けてしまえるのだ。

「北の方角、少し離れた位置にサンドマンが3匹」

『半飢餓状態を維持しながら、戦った効果だな。かなり使いこなしてきたじゃないか』

まあ、ある程度は慣れた。半飢餓状態だと片目だけ赤くなるので、格下を怯ませる効果はないようだ。フル飢餓状態なら目が合うだけで、俺よりもステータスが低い相手は問答無用で硬直してしまう。

半飢餓状態でもこれができればいいのだが、そううまくはいかないようだ。

俺は北へと歩いていく。おっ、いたいた。砂から半分だけ体を出したサンドマンが3匹。しきりに周囲を窺って警戒している。

おそらく、俺がサンドマンをしこたま狩っているからだろう。何匹くらい狩ったかな……50匹を超えた辺りから数えるのをやめたので、正確な数はわからない。

ここまで狩るとヘイト効果が反転して、魔物たちは恐れだしてしまうのかもしれない。それは非常に困る。

これから、暴食スキルを腹一杯にしてやらないといけないのだ。砂の中に逃げ込まれたら、攻撃しようがない。

今の半飢餓状態の感覚だと、サンドマンをあと30匹は狩らないと収まらない気がする。視線の先にいる3匹を狩れたとしても、あと27匹か。

砂の中に逃げ込まれる前に、是が非でも狩らないといけない。

まずはあの3匹のサンドマンをいただこう。

俺は黒弓を構えると、魔矢に炎属性を乗せ、放つ。

サンドマンが火柱を上げながら燃え上がった。それを見た残りの2匹は砂の中へ逃げようとするが、させるわけがない。すでに後追いで二射している。

《暴食スキルが発動します》

《ステータスに総計で体力+5280、筋力+2670、魔力+3990、精神+5280、敏捷+3300が加算されます》

俺は無機質な声を聞きながら、三つの火柱を見据える。やっぱり、あまり満たされない。

あと27匹は狩らないと……。

大物でもいれば、一発で解決するのにな。そんなことを思いながら、砂山を登っていると、とても美味しそうな匂いが漂ってきた。この匂いは……以前に嗅いだことがある。

ハート家の領地に侵入してきた冠魔物と同じだ。

「グリード、この先に冠魔物がいる」

『ほう、固有名詞を持った魔物か。メインディッシュにはもってこいだな。さらに魔物の強い魂を喰らって、耐える訓練もできる。一石二鳥だ！　以前みたいに暴食スキルの歓喜に心を流されて、のたうち回るなよ！』

「あれは……嫌な思い出だ。まあ、サンドマンでやってきた成果を試してみるさ」

匂いを頼りに進んでいくと、激しい戦闘音が聞こえてきた。

誰かが戦っているのか？

俺はそっと近づいて、激闘を発見する。

「あれは……俺が尾行していた大パーティーか」

『マズいな。このままでは全滅するぞ』

大パーティーは負傷者六人を抱えており、逃げるに逃げられない状態に陥っている。

前衛の盾を持った武人五人が冠魔物の猛攻を耐え凌ぐ。しかし、盾に大きなヒビ、または欠けていたりしている。冠魔物が放つ一撃がそれほど重いのだ。

なんらかのスキルでダメージを低減しているようだが、肝心の盾を破壊されれば一巻の終わりだ。

俺は彼らの戦いに胸を打つものを感じた。それは負傷した仲間を見捨てることなく、皆でこの難関を乗り切ろうとする姿勢だ。見捨てれば、助かるかもしれない。そんなことは、はなから頭にないといわんばかりの戦いだ。

「かっこいいな……」

『羨(うらや)ましいのか？』

「さあな。行こうか、グリード」

『助ける気か？』

「いや……腹を満たしに行くだけ」

俺にはあの中に入って、共に戦えない。彼らの戦いを見ていて思い知らされた。暴食スキルと黒剣グリードを合わせた戦い方には、どうやら協調性というものがないようだ。本気の戦いになれば、彼らごと喰らいかねない。

共に戦えるのは俺と同じ大罪スキルを持つマインくらいだと思う。

俺は戦いの場に駆け寄りながら、黒弓を巨大な冠魔物へ向ける。

まずは死にそうになっている盾の武人たちから、冠魔物を引き離す。

炎を宿した魔矢は五発、足元に撃ち込んでやる。

着弾と同時に、冠魔物の足元は燃え上がり、姿勢を崩し始めた。

「一気に詰め寄るぞ」

『近接戦闘は基本形の黒剣でいけっ』

「ああ、言われなくてもそのつもりさ」

グリードの形状を黒弓から黒剣へ変えて、冠魔物へと更に近づいていく。

この距離なら鑑定スキルが使えそうだ。

すぐさま、俺は敵の情報を調べる。

【砂塵を囲う者】
サンドゴーレム　Lv60
体　力：4500000
筋　力：4300000
魔　力：2450000
精　神：2650000

敏　捷：115000
スキル：砂塵魔法

これはなかなか。あのゴツゴツとした岩の塊のような印象からも強そうだとは思っていた。体力と筋力が特出している。あの盾の武人たちは、よくこれだけの筋力を持った冠魔物の攻撃を耐え凌いだものだ。もしかしたら、スキル以外にも、盾に何らかの仕掛けがあるのかもしれない。

この戦いが終わったら聞いてみたいが、無理な話か。

俺は前衛にいる盾の武人五人を、勢いそのままに突き飛ばして無理やり後退させる。

「何を……うあああぁぁ」

「お前……ぐあああぁ」

「えええっ、うそっ」

「何のつもりだ！　貴様！　くそっがっ」

「きゃあぁぁぁぁ」

おっと、一人……女性が交ざっていたのか。ちょっと乱暴すぎたかな、ごめんよ。

さて、でもこれでサンドゴーレムと大パーティーの間に割って入ることができた。

後ろに飛び退いて間合いをとる俺に、声がかかる。

「変わった容貌をしているが武人か……もしかして、俺たちの戦いに参戦してくれるのか？」

おそらくこの大パーティーのリーダーなのだろう。彼が代表して俺にいろいろと声をかけてくるが、すべてに首を振ってみせる。

「じゃあ、何のために……」

困り果てた声に答える。

理由なんて、砂漠に来たときから決まっている。暴食スキルの飢えを満たすためだ。

「私的な理由で、この魔物は俺がいただく。あなた達は、さっさとこの場から立ち去ってくれ」

「いや、そういうわけにはいかん。助けようとして見栄をはらなくてもいいんだ……そいつはとても強い。俺たちと共闘した方がいい」

まあ、わかっていたさ。仲間たちすべてでこの状況を乗り切ろうとしていた武人たちだ。そういうことを言ってくれるんじゃないかって予想はしていた。

だけど、本当に邪魔なんだ。故郷の村でガーゴイルたちと戦ったときにも感じたけど、俺は多くの者を守りながら戦うのが苦手だ。

数人なら守れるだろう。しかしそれが十人、二十人となると話は別だ。今の俺はそんな器用な戦い方はできない。

俺の後ろにいるのは大パーティー二十人。その内六人は負傷して身動きが取れない。

もし、サンドゴーレムが広範囲攻撃でもしようものなら、俺の真後ろ以外は助からないだろう。

俺はサンドゴーレムを窺いながら、ほんの僅かだけ振り向いて言う。

「気持ちは嬉しいけど、あんたたちは戦いの邪魔だ。巻き込まれたくなかったら、ここからすぐに立ち去ってくれ、じゃないと一緒に砂の下に眠ることになるぞ」

顔を戻して、サンドゴーレムの動きを睨んでいると、しばらくして大パーティーのリーダーの声がした。

「……わかった。だが、無理をするなよ」

しびれを切らしたサンドゴーレムが動き出す。豪腕を振るい俺に襲いかかる。それを躱しながら横目で見ると、大パーティーたちは避難を始めていた。

これで心置きなく、戦える。さあ、早く片付けないとな。

マインが起きる前に都市に帰らないといけないんだ。俺は黒剣グリードを下段に構えて、サンドゴーレムの懐へと詰め寄る。

第11話　紅き雷鳴

まずは一撃。胴体に黒剣で深く斬り込みを入れる。

サンドゴーレムは敏捷がやや低い。豪腕から繰り出される打撃は脅威だが、当たらなければどうということはない。このまま攪乱しながら、岩の体を削り取っていってやる。

背後に回って、黒剣を差し込む。さらに離れ際にも、背中を横に斬り裂く。

ん？　なんだか……手応えがない。一旦距離を取りながら、覚えるこの違和感。

普通の魔物なら、これだけの攻撃を与えれば動きが鈍ってくるはずだ。しかし、サンドゴーレムは、まったくもってダメージを受けている様子がない。

「もしかして、サンドゴーレムもサンドマンのように本体はコアだけなのか？」

『やっと気づいたか、わかるまで三撃も必要とは、まだまだだな』

「これでもかなり早めに気が付いたと思うけど」

つまり、サンドゴーレムの巨大な人型はコアが自然の砂を岩に変えて、形を構成しているにすぎない。だから、いくら外殻となっている岩を攻撃しても、本体のコアにはダメージが届かない。倒すにはあの大きな体の中に存在するらしいコアに直接攻撃するのみ。

一体、コアはサンドゴーレムのどこにあるのだろうか。透視できればすぐに解決なのだが、そんな力はないので、

「切り崩して、小さくしていくか」

『地味だな』

「うるせっ」

それに、他にも目的があるのだ。それはタイマン勝負を利用した戦闘技術の向上。

以前、戦った冠魔物――【慟哭を呼ぶ者】コボルト・アサルト戦において、俺は敵との戦闘経験の差を感じて直接対決を避けた。グリードの第一位階である黒弓の奥義での力押しに逃げたのだ。

あの時はハート家の領地がかかっていたので、負けられない戦いだったから仕方ないといってしまえばそうなのだろう。だけど、あのような戦い方を続けていて、この先乗り切っていけるのか、不安を覚えてしまう。

『まあ、鈍いし、練習台として最適だろう。だが、敵を見くびるなよ……あれは冠魔物だ』

「……おっおう、言われなくても」

俺の考えはグリードにお見通しだったみたいだ。グリードはいつもふざけているわけではない。いざとなったら、ちゃんと使用者である俺を気遣ってくれる。口は悪いけど……。

「近接戦闘や戦いの駆け引きをここで鍛える」

『なら、やってみろ』

俺は黒剣を握りしめて、一気に間合いに入った。

サンドゴーレムは俺にすぐに反応。両腕を振り上げて攻撃をしてくる。

遅い。

俺はそれを躱しながら、繰り出された右腕を黒剣で切断する。さらに続けて腕も斬り上げる。

宙を舞うサンドゴーレムの両腕を見ながら、得体の知れない感覚が脳裏を襲う。あまりにも容易過ぎる、これが冠魔物の戦い方か？　以前戦った奴はもっと好戦的で、肉を切らせて骨を断つといった感じだった。

戦闘経験が豊富そうなのに、なんでサンドゴーレムはこれほど受け身な戦い方をするんだ。まるで俺を誘い込むような……その時、グリードが《読心》スキルを通して、警告を発する。

『フェイト、後ろへ大きく後退しろ！』

途端に、サンドゴーレムに異変が起こる。大きく膨張して、体を構成している無数の大岩を四方八方へと吹き飛ばしてきたのだ。

「くっ」

俺の体よりも大きい岩が、物凄いスピードで接近してくる。飛び上がって空中にいる俺は躱すことができずに衝突。

とんでもない衝撃が俺を襲い、予想以上に後ろへ後ろへと吹き飛ばされていく。

やっと着地しても、しばらくは砂の上を派手に転がる有様だ。

「あの体は武器にもなるのか」

『だから油断大敵だと言ったろうが』

口の中に溜まった血を地面にぺっと吐きながら、豆粒のように離れてしまったサンドゴーレムを見据える。

かなり飛ばされてしまった。もし、黒剣グリードで直撃を防いでいなかったら、すぐには立ち上がれない重傷を負っていたかもしれない。危ない、危ない。

さて、サンドゴーレムの手札は大体わかってきた。これは良い訓練になっている。

「いくぞ、大岩の弾幕を躱しながら、コアを目指す」

『フェイト、俺様をうまく使ってやってみろ』

サンドゴーレムは宙に浮く大きなコアを起点として、無数の大岩を呼び込んでいる。また、元の形に戻ろうとしているのだ。

俺は黒剣を黒弓に変えて、再度接近を開始する。

火の魔矢を放ちながら、砂に足を取られないように駆ける。すべてコアを狙っているが、大岩が盾となって邪魔をしてくる。

いいさ、狙いはそこじゃない。巻き上げる砂と爆炎が辺りの視界を奪っていく。

それに紛れて、サンドゴーレムのコアを一直線に目指す。

形が完全に構成できていない。このまま両断してやる。グリードの形状を片手剣へ変更。

しかし、あと少しのところでサンドゴーレムがまたしても、作りかけの体を破裂させる。

「チッ、またか」

だけど来るとわかっているなら、目が慣れた今、俺の敏捷値で躱せないことはないはずだ。

『フェイト、前に踏み込め。後ろには下がるな！』

「わかっているさ」

次々と飛んでくる大岩を躱し、挟み込むように飛んでくる大岩は斬り伏せ、叩き落とす。

もうすぐといったところで、またしてもコアを狙う俺を阻もうとする。

俺の足元の砂が舞い上がり出したのだ。

これはサンドゴーレムが所持している《砂塵魔法》スキル。なるほど砂嵐を作り出し、俺をその中へ巻き込み、宙に浮く大岩たちによって擦り潰す気なのだ。

すぐさまグリードがこの状況に対応するために、俺を促す。わかっているって。

『フェイト！　大鎌だ』

「おう」

黒剣から黒鎌へ。渦巻く砂塵を一振りで斬り裂く。

スキルから発生した事象は打ち消してやった。ついでにコアを守ろうとする大岩も片っ端から斬り落とす。

残ったのは丸裸になったサンドゴーレムのコアだけだ。もう一度、砂塵魔法を使っても、この黒鎌で無効化。もうサンドゴーレムに打つ手はないだろう。

さあ、このまま大鎌で一刀両断してやる。

俺は大きく振りかぶり、赤いコアを断とうとした時、

「ええっ!!」

『フェイト、早くとどめを刺せ』

なんと勝てないとわかると、サンドゴーレムのコアが砂の下へ潜り込んで逃げ出したのだ。まさかの逃亡に唖然としてしまう。

「そう言われても……」

だが、ここまで来て逃がすわけがない。サンドゴーレムを今日のメインディッシュと決めているのだ。それにあれだけヘイトを溜めた状態で逃がしてしまえば、そう簡単にはヘイトが解消されないだろう。今後、この砂漠を訪れた他の武人たちを目の敵にして、被害が出てしまう可能性がある。

多少無茶をしてでも、仕留めるべきだ。

俺は黒弓へと形状を変えながらグリードに伝える。

「グリード、ブラッディターミガンでいくぞ。俺から全ステータス10%を持っていけ」

『10%？　足りないな。どこに逃げたかわからないサンドゴーレムだ。もしかしたら、砂の奥底にひそんでいるかもしれない。深くえぐるためには20%寄越せ』

相変わらず強欲だな。まあ、早くしないとサンドゴーレムがどんどん遠くに逃げてしまう。迷っている暇はない。

「わかった、やってくれ」

『勝つためなら、ステータスの目減りを気にしなくなってきたな。いい傾向だ！　ではいただくぞ、お前の20%を！』

俺から力が黒弓に吸い取られていくのを感じる。得も言われぬ脱力感とともに、右手に握る黒弓が強大な力を放ち出していく。

更に大きく、もっと禍々しい兵器へと変貌した。

弦を引き魔矢を精製。そこへ火属性を加える。

狙うはサンドゴーレムのコアが消えた砂の下……そこを起点として火属性付加の《ブラッディターミガン》で広範囲を吹き飛ばす。

「蒸発しろっ！」

相変わらずの強い発射の衝撃に大きく後退させられながら放つ、燃え盛る稲妻。砂漠を深くえぐり、最深にある硬い岩盤を丸裸にして、ひたすら突き進んでいく。

過ぎ去った後には、砂漠に大きな谷が出来上がっていた。

深い谷底は炎の海と化している。爆風で大量の砂が巻き上がっているので、ちょっと息がしづらいくらいだ。

倒せたかなと思っていると、無機質な声が聞こえてきた。

《暴食スキルが発動します》

《ステータスに総計で体力＋５３８０００、筋力＋４７４５００、魔力＋３１１５００、

精神＋３５３０００、敏捷＋１２０００００が加算されます》

《スキルに砂塵魔法が追加されます》

おや、どうやらサンドゴーレムだけでなく、攻撃範囲内にいたサンドマンたちまで、もろとも倒してしまったようだ。ラッキー！

そして、冠魔物という良質な魂を喰らう暴食スキルの歓喜が襲ってくる。ここが今日の成果を見せるときだ。俺は心に直接流れ込んでくる衝撃に流されまいと、ひたすら耐える。

「ぐぐっ……くっぅう……ふぅ〜。どうだ、前回のようにのたうち回らずにすんだぞ、グリード！」

『なんとか、持ちこたえているようだな。よだれが少し垂れているようだが』

「おっと」

涎（よだれ）を拭（ぬぐ）いながら、黒剣を鏡のようにして瞳を確認する。両目とも黒い。

ある程度、暴食スキルを耐え凌げたし、半飢餓状態も解除できた。俺としてはかなりの進展だと思う。

暴食スキルの飢えが日に日にひどくなってきていたので、内心……ガリアまで持つか心配だったのだ。この調子で暴食スキルの耐久性を上げていけば、なんとかなるかもしれない。少しだけ希望の光が見えてきたような気がする。

そんな俺に声をかける人がいた。さっき避難していった大パーティーの人たちだ。全員でないところを見るに、俺を救援するためにまだ戦えそうな者たちでパーティーを再編成して、戻ってきてくれたようだ。

リーダーが俺の後ろに広がる変わり果てた砂漠を見て、唖然とする。

「こ、これを君がやったのか……一体どうやって……サンドゴーレムはどこへ」

するとタイミングよく、空からサンドゴーレムのコアが俺とリーダーの間に落下してくる。コアは酷くひび割れており、色は赤から青へと変色していた。

「ここにあるけど、何か？」

さて、どうしたものか。結局、俺はグリードが言っていた「辺り一面を吹き飛ばす、これだな」をやってしまったわけだ。

できるだけ、平然を装いながら巨大コアに近寄って、軽く叩いてみせる。

それに対して、救援に来てくれた武人たちはあんぐりと口を開けたまま、息をするのも忘れているように見えた。

第12話　武人ムクロ

えっと、どうしたものやら。俺は武人たちの様子を窺う。背の後ろでは未だに砂漠が燃え上がっている。

もしかしたら、こんな状況を引き起こした俺は、化物呼ばわりされてしまうかもしれない。

俺は髑髏マスクの下で冷や汗をかく。

何か俺から言うべきかと口を開きかけた時、予想に反してリーダーの男がにんまりと大きな笑顔になった。

「大したものだ。こんなことができる武人は、生まれてこの方見たことがない。なあ、お前らもそう思うだろ」

他の武人たちもリーダーに促されるように、頷き出していく。

そして、俺を褒め称(たた)えながら近づいてきた。

「そんな髑髏マスクをつけているから、怪しさ満点だが、見かけによらずやるじゃないか」

「さっきは助けてくれてありがとうよ」

「その黒剣はなんていう武器なんだ。ちょっと見せてくれ」

警戒していたのが、バカバカしいくらいだ。今まで会ったロキシー様以外の武人たちがあまりにも糞すぎて、警戒してしまう癖がついてしまったらしい。

思い返してみれば、この人たちは仲間を大事にしていたし、心配して俺に助力するために、死を覚悟して駆けつけてくれたのだ。

リーダーが俺に握手を求めてくる。

「俺はバルドっていう、このパーティーを率いている者だ。君の名を聞かせてくれないか？」

正体を髑髏マスクによって隠しているので、前もって用意していた偽名で答える。

「ムクロだ。あなた達のパーティーで負傷した人たちは？」

「ああ、おかげさまで命に別状はない。先に都市に帰らせた。治療を受ければ、直(じき)に良くなるだろう」

「そうか……」

それはよかったな。

さて、このサンドゴーレムのコアをどうしようか。都市に持って帰って、換金すればきっとすごい大金になること間違いなし。旅の軍資金がぐっと増える。マインの旅費もなし崩し的に俺が立て替えているから、お金は欲しいところだ。

もう、武人ムクロとして人目に晒しているし、今更尻込みをしても仕方ないか。

俺は黒剣グリードを鞘に納めて、コアを持ち上げようとする。大きさは俺の身長と同じくらい。ずっしりとした重さがあって、担ぐと足が大きく砂の中へと沈んでしまうほどだ。

俺のステータスなら難なく持てるのだが、如何(いかん)せん足場が悪すぎる。進むごとに膝まで砂に埋まってしまうのだ。

見かねた周りの武人たちが俺に近寄り、手を差し出してきた。

「俺たちも手伝おう。なぁに、手間賃なんか請求せんよ。なあ、お前ら！」

威勢が良い野太い声が砂漠を駆け抜ける。みんなの手がコアを支えだした途端、重さは和らぎ、砂から抜け出すことができた。

「助かるよ」

「君には助けられたんだ。これくらいはさせてくれ」

それからは皆で掛け声を出しながら、都市をひたすら目指した。たまにはこういうのもいいものだ。

＊

なんとか夜が明ける前に都市の宿泊施設にたどり着く。もし、俺一人だったら、まだ砂漠に埋まりながら、大して先に進んでいなかっただろう。

チームプレーさまさまだな。

宿泊施設の中へ入ると、従業員たちが一斉に駆け寄ってきた。

そして、俺たちが持っているコアを見て、大騒ぎだ。その中で責任者らしき人が、恭しく頭を下げて、換金所へと案内を始める。

「いや～、まさか……あのサンドゴーレムを倒されるとは、今日は本当に喜ばしい日です」

サンドゴーレム――固有名詞が付いた冠魔物。話を聞くに、砂漠を広げている魔物たちのボスだったというのだ。このサンドゴーレムを倒そうと、都市を管理する聖騎士が代々、躍起になって戦っていたという。

だが、あと少しのところで、いつも砂の中へと逃げ込まれる。

その繰り返しがここ数百年もの間、続いていたらしい。

言われてみれば、たしかにサンドゴーレムの逃げ足は半端なかった。負けそうになった瞬間には砂の中へ消えていたからな。あの逃げ方は聖騎士との戦いの中で数百年もの歳月をかけて研ぎ澄まされていたからなのか。

まあ俺だって、グリードの第一位階の奥義を使わなかったら、砂漠の上で「ちくしょー」と言いながら地団太を踏んでいたと思う。

換金所でも大騒ぎだ。人集り(ひとだか)ができて目立ってしまっているが、この際武人ムクロを売り込んでおこう。領地を蝕む(むしば)仇敵を倒したのだ、怪しい髑髏マスクをつけていても、ほとんどの者は好意的に受け止めてくれる。一部の者は訝しげに俺を睨んでいたが、気にしても仕方ない。

換金は大金を用意しないといけないために後日となった。

「すみません。まさか、サンドゴーレムを討伐される方が聖騎士様以外にいらっしゃるとは夢にも思いませんでしたから……。金額は上層部に掛け合って、適正な価格を提示させてもらいます。ですので、今日はごゆっくりとお休みください」

「わかりました。では、おやすみなさい」

俺はここまで運んでくれた武人たちにお礼を言う。

すると、彼らが酒場で一杯飲んでいこうと言い出した。

「どうだい。戦った後の一杯は格別だぞ。それにサンドゴーレムを倒した時の話を聞かせてくれよ」

酒を飲むのは魅力的な話だ。しかし、サンドゴーレムについては語る気にはなれなかった。まだまだ素人丸出しで、グリードに頼りっきりの戦いだった。

きっと、俺の目の前にいる武人たちの方が、戦いにおいて大先輩。そんな彼らを失望させたくはないので、丁重にお断りする。

「そうか、残念だ。俺たちはしばらくはこの都市を拠点にサンドマン狩りをするつもりだ。用があったら、いつでも声をかけてくれよ。じゃあな、ムクロ！」

「ああ、また」

俺は、借りている三階の宿泊部屋に向けて、大きな中央階段を上がっていく。一応、俺の後を付けてくるような奴はいないか、確認しながらだ。はじめにここを訪れた時は素顔だったので、過剰かもしれないが警戒しておいて損はないだろう。

「えっと、どの部屋だったっけ……」

各階に五百部屋もあるので、多すぎて自分の部屋がどこだったかわからなくなってしまう。マズいぞ、どの部屋も同じに見えてしまう。

焦る俺にグリードが呆れながら教えてくれる。

『ここから左に十四部屋、行ったところがお前の部屋だ』

「グリードって意外にも記憶力がいいんだな」

『意外にもは余計だ。俺様は無機物だからな。人と構造が違って記憶力がいいんだよ』

無機物ってすごいな。そんな感想を抱きながら、部屋の鍵を開けて中に入る。

やっと休める……。

二つあるベッドの一つには、猫髭を生やしたマインが爆睡している。この調子なら、まだ落書きは気づかれていない。

さて、俺も寝よう。もうくたくただ。黒剣グリードを壁に立てかけて、髑髏マスクを取る。

ベッドに飛び込むとすぐに睡魔が襲ってきた。物凄い眠気だ……もしマインのように落書きされても、起きられる自信がないくらいの眠気だ。意識はあっという間に暗転した。

＊

何か……水が落ち、流れる音で目が覚める。欠伸をしながら部屋を見回すと、マインがいない。

　すると水音が止まり、しばらくして下着姿のマインが部屋にあるシャワー室から出て来るではないか⁉

「ちょっと、なんて格好でっ！」

「別にフェイトのような子供に見られても恥ずかしくない」

　俺よりも年下の姿をしてよく言ったものだ。

　ん？　白い入れ墨は服を着ているとわからなかったが、胸元やお腹まで刻まれている。振り向いた時の背中まで……。ほぼ体中にある。ないのは顔くらいだ。

　そして目が合うと、彼女はニッコリと笑う。

「よくもあんなイタズラ書きを……なかなか消えなくて、本当に困った」

「⁉　あれは出来心で……ごめん」

「本来なら、フェイトを寝たまま三階から外へ放り投げるところ。だけど、今はあなたに怪我をしてもらっては困る。だから、こうした」

　マインは下着姿のまま、手鏡を片手に近づいてくる。目のやり場に困る。

「見て、力作。礼はいらない」

「なんと⁉」

手鏡に映し出された俺は原始人のような顔をしていた。太く眉毛は繋がり、描かれた髭は口の周りを一周して、もみあげとくっついている。

そして、おでこには、暴食と書かれている。……これは酷い。気のせいか、読心スキルが発動していないのに、壁に立てかけてあるグリードの笑い声が聞こえてくる。

「猫髭を可愛らしく描いただけだよ。それなのに、俺は別人にされているじゃん」

「よく似合っている。似合っているよね！」

マインの赤い目は似合っている、しか認めないと言わんばかりだ。

「わかったよ。俺が悪かったよ。だから、マインは服を着てくれ」

マインは俺を男として見ていなくても、俺は気になってしかたないのだ。年頃の男を舐めんなっ！

俺は逃げるように、すぐさまシャワー室に入る。そして、マインの報復によって変わり果てた顔を洗う。念入りに描かれていて、全然……落ちねぇ……。

さすがは憤怒スキル保持者。やられたら十倍、二十倍返しが基本姿勢なのだろう。

これからマインと一緒に旅をするからには、よく覚えておこう。

第13話　不埒な聖騎士

なんとか、顔に描かれていた落書きを大体洗い流せた。鏡に近づいてよく見ると、おでこに薄らとまだ文字が残っていた。

まあ、この程度なら前髪で隠せるし、それに髑髏マスクだってつける。数日ほど経てば、完全に消えてくれるだろう。

俺はせっかくシャワー室に入ったので、昨日の戦いで砂を散々かぶった体を洗うことにした。

「おお……」

思わず声を上げてしまったのには理由がある。なんと髪を洗うための水石鹸があったからだ。顔の落書きを洗うのに集中していて、固形石鹸しかないとばかり思っていた。

ハート家にいたときでさえ、使用人専用の風呂場には固形石鹸しかなかった。花から抽出した香りを加えた水石鹸は、高級品でおいそれと買えるものではない。それが部屋に備え付けられているとは……。

そういえば、マインが俺に近寄ってきたときに仄かに甘い香りがしたのは、きっとこの水石鹸で髪を洗ったからだろう。

俺は水石鹸が入った瓶を手に取る。そして、瓶に何やら紙が貼ってあるのに気がついた。

・使用した場合、買い取りとなり金貨1枚を請求します。

……おいおい。無料ではなかったようだ。それはそうだろう……だって高級品だし。

「くそっ」

もうマインが使っているので、買い取りは確定。どうせ、このことをマインに詰め寄っても、落書きされたから洗い落とすために使ったと言うに決まっている。

まあ、すべては何気なくマインの顔に猫髭を描いてしまった俺が悪いのだ。時間を戻せるものなら、昨日の俺を全力で止めたい。

肉体的にも金銭的にも手痛い仕返しを受けてしまった。ここは、サンドゴーレム討伐の賞金で穴埋めするしかない。俺の予想では、かなりの大金になると思う。余裕で金貨1枚の出費を補填してくれるはずだ。

今から楽しみである。大金を手に入れたら、どうするかな……。とりあえず、焼きたての柔らかいパンを食べよう。そして、肉がふんだんに入ったスープ。考えただけで涎が出てしまう。

いかんいかん。まずは髪を洗うか。

俺は花の香りがする水石鹸を少しだけ手に取る。これだけで銀貨何枚分になるのだろうか……ごくり。王都で門番をしていた頃は、銀貨2枚を貯めるのに数年を要している。なので、俺のような貧乏人にとって、この水石鹸を使うことは、まさに高台から飛び降りるような気分だ。

ここにグリードがいたら、四の五の言わずにさっさと髪を洗えなんて言われそうだ。

そんな風に、俺が葛藤していると、

「まだ、早くして。そろそろ出発したい」

おっと、憤怒さんがイライラし始めたようだ。

これは急がないと、また何をされるかわかったものではない。俺は意を決して、髪を洗い出す。うおおおぉぉ、なんて……気持ちいいんだ。水石鹸、恐るべし！　この一回に銀貨数枚の価値はあった。

＊

さっぱりしてシャワー室から出ると、マインはすでに旅支度を済ませて、ベッドの上に寝転んでいた。

「遅い……待ちくたびれた」

ただ赤い目で見つめられているだけなのに、なんだろうか……この圧倒的な威圧感は。

「なあ、機嫌を直してくれよ、これをあげるから」

俺は買い取る羽目になった水石鹸を寝転んでいるマインのお腹に置く。

「うん、フェイトは気が利く。許してしんぜよう」

「ありがたき幸せです！　じゃあ、行こうか」

俺は黒剣グリードを携（たずさ）え、バッグを持って、マインと一緒に部屋を出ようとするが、

「おっと、その前にこれを付けないとな」

バッグから髑髏マスクを取り出して装着。この都市では武人ムクロとして通すことを決めていたのだ。

俺の姿を見たマインは、目を細めてニッコリと笑う。

「男前になった」

「えっ、それってどういうこと？　これは正体を隠すために付けているだけで……」

「じゃあ、いこう。フェイト」

「ちょっと詳しく教えて！　ねぇ、マイン！　あと、このマスクを付けた時は、俺のことはムクロって呼んで！」

俺を無視して先に行くマイン。髑髏マスクを付けたら、男前ってどういうことだよっ！

そんなやり取りを聞いていたグリードは大爆笑。

『よかったな、その姿を褒めてくれる奴がいて……ブッハハハッハハッハッ』

「うるせっ」

どう考えても褒められてないだろっ。まったく……この先、マインとうまくやっていけるか不安になってきてしまう。

頭を抱えていると、一階に下りてしまったマインが俺を呼ぶ。

「ドクロ！　早く！」

「ムクロだから、ドクロじゃないから！」

絶対に弄ばれている気がする。俺が宿泊費を精算していると、勝手に先を行くマインは宿泊施設を出ていこうとするではないか。慌てて止めて、まだ用事があることを伝える。

「なに？」

「昨日の夜、ここから東にある砂漠でサンドゴーレムを倒したんだ。その賞金を貰わないといけないから、ちょっと待ってもらえる？」

「サンドゴーレム!?　砂漠化の原因になっている冠魔物……。残念、寄り道して倒す予定だったのに、先を越された」

マインはこれから、砂漠に行ってサンドゴーレムを倒すつもりだったらしい。夜行性の魔物なのにどうやって倒す気だったのだろうか。かなり気になる。

聞いてみようとしたが、しょんぼりした彼女は口を利いてくれそうにない。

「向こうに交換所があるから、行ってくるね」

「……私もいく」

黒斧を肩に担いだマインはトボトボと俺についてくる。

俺に先を越されて、かなりがっかりしているようだ。もしかしたら、憤怒スキルは俺の暴食スキルのように魔物を倒すことで強くなるのかもしれない。なら、冠魔物を逃したのは痛恨だろう。

その分、俺が強くなれたことで許して欲しい。この先、マインと共闘して何かと戦わないといけない。そのためには、俺も強くなっていたほうがいいだろう。

交換所へ着くと、すでに従業員たちが俺を今か今かと待っていた。

「お待ちしておりました、ムクロ様。これがサンドゴーレムの賞金となります」

カウンターに置かれた金貨に俺は息を呑む。マジか……。いいの？　こんなに貰って！

髑髏マスクを被っていてよかった。金貨１００枚を目にした俺は、きっと人様に見せられない顔をしていることだろう。

それにしても、金貨１００枚か。大金過ぎて、使い道が思いつかない。

思いつくまでは、大事にバッグにしまっておこう。

貧乏人まる出しで、周りを警戒しながら金貨をバッグの奥底へ入れていると、マインが物欲しそうに俺の手元を見つめていた。

「マインって、もしかして冠魔物を倒した報酬が目当てだったの？」

「うん、そう。私の旅の目的の一つは、お金集め。私の村は貧乏だから、いつも冠魔物を倒してお金を稼いで、村の資金にしている」

「そうだったんだ。半分いる？」

「いるっ!!」

そんなに力強く言わなくても、あげるから。俺としては金貨50枚でも十分過ぎる。

マインは俺から金貨の半分を受け取ると、自分のバッグに大事そうにしまう。そして、俺に対する表情が少しだけ軟化した。なるほど、マインにお金をあげると優しくなるのか……俺の脳内にあるマイン取扱説明書に新たな一ページが刻まれた。

「お金も受け取ったし、そろそろ行こうか」

「うん」

懐が暖かくなった俺たちは、ホクホク顔で宿泊施設を出ようとする。

しかし、行く手を阻む者たちがいた。

中心にいる一人の男は、黄金色の重甲冑（じゅうかっちゅう）を着て、赤いマントまで付けている。正直、趣味が悪いと思う。その後ろには五十人以上の武人らしき男たち。見るからに手練（てだれ）と感じられる風貌だ。

まあ、こういう派手な装備をするのは十中八九、決まっている。

俺は《鑑定》スキルを発動。

ルドルフ・ランチェスター　Lv１２０

体　力：１４５４０００

筋　力：１６９８０００

魔　力：１５７６０００

精　神：１３２７０００
敏　捷：１４９５０００
スキル：聖剣技、腕力強化（大）、魔力強化（大）、鑑定

おおっ！　これはすごい。全ステータスが１００万を突破している。見かけに騙されていたが、これは本物の聖騎士だ。そして、まずいことに俺と同じ鑑定スキル持ちだった。スキルは隠蔽(いんぺい)スキルで隠しているが、サンドゴーレムを喰らってルドルフを超えるステータスを得てしまった現状を見せるわけにはいかない。知られては、面倒なことになること間違い無しだ。どうしたものやら……なんて思っているとあちら側から動きがあった。

聖騎士ルドルフは前に一歩進み、俺を見下げながら言う。

「お前がサンドゴーレムを倒したという武人か？」

「はい、そうですが」

すると、舌舐めずりをして俺を舐めるような視線で見回してくる。正直に言おう、超キモイ。

「なるほど。まあ、そこそこ強そうだな。よかろう、フクロといったな」

「ムクロです」

「ああ、そうか。ムクロよ、お前は今日から私の部下になれ。言っておくが、お前に拒否権はない」

どうやら、今の会話からルドルフは鑑定スキルを使うことなく、俺のことを簡単に見定めたようだ。聖騎士でないなら、自分よりも弱いとはなから決めつけているのだろう。やれやれ、傲慢な聖騎士様で助かった。

ルドルフの話を聞くに、ここを治める聖騎士が代々逃し続けてきたサンドゴーレムを倒したことを評価してくれているみたいだ。なんと、ご褒美として強制で部下にしてくれるという。

この提案だけで俺は内心でホッとした。鑑定スキルを使って、じっくりと調べられていたらもっと違った反応になったはずだ。

そして、俺の返答はすでに決まっている。

「それは困ります。俺にはこれから行くところがあるので」

「何を言っている。聖騎士の私が決めたら、それに従うのが道理だ。さあ、首を出せ。私の領民である入れ墨を刻んでやろう」

王都でも聖騎士の権限はとても強いが、この都市はもう異常だ。聖騎士の領地だから、好き勝手にできるのだろう。どうするかな……俺は黒剣グリードを手に取るべきか迷う。

この聖騎士は話が通じるような輩ではない。あの目は自分よりも格下は虫けら程度としか思っていない。もし、彼の部下になっても、ペットがいいところだろう。

聖騎士は俺ににじり寄るように、さらに近づいてくる。

「さあ、私の部下になれ。従順にしていれば、楽な暮らしをさせてやるぞ」

もう、黒剣グリードを引き抜くか……そう思ったとき——マインが俺の前に割って入った。

「それは困る。ムクロには私という先約がある」

おっと、状況は一気に雲行きが怪しくなってきたぞ。俺にはわかる。

ここで聖騎士が引かなければ、とんでもないことになると本能的にわかってしまう。

しかし、なんでも思い通りになると疑わない聖騎士は、マインを嘲笑(あざわら)うように言い放つ。

「お前のようなケツの青いガキは家に帰って、ママと一緒におとなしく寝ていろ。次にお前……ぐあああああぁぁぁぁぁっ」

あああぁぁ……なんてこった。それは一瞬の出来事だった。

ブチ切れたマインが床に下ろしていた黒斧を素早く手に取る。そして、黒斧の腹で聖騎士を思いっきり、空に向かってぶち上げたのだ。

全ステータスが100万以上あるはずの聖騎士がいとも簡単に宙を舞って、宿泊施設の屋根を突き破っていく。それでも勢いはまったく衰えず、彼が治める都市の外壁を越えて、その中へと消えていった。

あの聖騎士は生きているだろうか。まあ、あれだけステータスが高いのだ。そう簡単に死なないだろう……だよね。

マインはスッキリした顔で俺に言う。

「聖騎士はお帰りになった。さあ、私達も出発しよう」

「おっ、おう」

俺は苦笑いしか……できなかった。

聖騎士が連れていた武人たちは泣き叫びながら逃げ出したり、周りで様子を窺っていた人たちは驚きのあまり腰を抜かしたり……それはもうある意味で、阿鼻叫喚（あびきょうかん）の地獄絵図になっていたからだ。

そして、俺の脳内のマイン取扱説明書に更なる一ページが書き込まれる。彼女を絶対に子供扱いするな。これはとても重要だ、命に関わる。

第14話　暴食と憤怒

あの閉鎖的な都市を旅立って、数日が経っていた。そういえば、サンドゴーレムとの戦いで知り合った武人のバルドたちと何も話さないまま、出てきてしまった。

まあ、彼らは都市を渡り歩きながら、魔物討伐を生業としているそうだから、もしかしたらまた再会できるかもしれない。その時に、今度こそ酒を酌み交わそう。

馬車に揺られて、青空の下をひたすら進んでいく。今回の馬車は、この前のような護衛を兼ねた荷馬車とは違う。サンドゴーレムを討伐して得た金貨を使って、移動だけのためにチャーターしたのだ。

結構な贅沢をしたかもしれない。でも帰って来られないかもしれない旅だ。ここは盛大にいこうじゃないか……なんて思って借りてしまったのだ。ああ、もちろん俺の横にムスッとした顔で座っているマインはお金を払っていない。彼女は出来る限り貯まったお金を自分の村に還元したいらしい。

いいさ、旅は道連れ世は情けなんていうらしいから。

俺は金貨15枚で雇った、馬車を操る中年男に聞く。

「次の都市はあとどれくらい？」

「へい、そうですね……あと三日といったところですな」

三日か……それを聞いて、俺は馬車の後ろへ積んでいる食料に目を向ける。

あんまり残っていないのだ。

俺が腹を空かせて食べた？　いやいや、それは違う。かなり控えめに食べている。

それにランチェスター領の都市から次の都市が離れていることを事前に調べていた俺は、沢山の食料を買い込んでいたのだ。

なのに、干し肉を数切れ残すのみとなっている理由は簡単だ。

俺の横で未だにムスッとしているマインが食ったのだ。彼女はお前が暴食スキル保持者なんじゃねというくらい、よく食べるのだ。

その様子に俺は思わず、よく食べる割に成長しないんだねと口を滑らせてしまい、マインからグーパンを頂いたことを忘れない。

腹が減ったな……。お腹もぐぅぐぅ鳴り出してしまうほどだ。

そんな俺を見かねた御者が提案してくる。

「食料が乏しくなっていますし、少し寄り道にはなってしまいますが、この先にそれなりに賑わっている村があります。そこで補給されてはどうでしょう。馬もしっかりと休ませられますし、こちらとしてもありがたいです」

願ったり叶ったりじゃないか！　俺はその提案を快く了承した。

一応、マインにも聞いておこうか。

「マインはどう？　いいと思うだろ？」

彼女は空を見つめたまま、生返事だ。

「聞いてなかったけど、いいと思う」

「いい加減だな……」

興味ないことに対する反応は徹底しているのだ。マインは欠伸をすると後ろにあった最後の食料である干し肉を食べ始めた。

「ちょっと、なんで今食べるの？」

「お腹が空いたから。それに食料を買いに行くんでしょ？」

「そうだけどさ」

俺だって、お腹が空いているんだよ。と言いたかったけど……マインに言ったところで無意味だと思ったので諦めていると、

「はい、これ」

手に持っていた一つの干し肉を口に押し込まれた。……モグモグ、空きっ腹には一段と美味しい。

「フェイトもお腹空いているんでしょ？」

「ああ……」

なんだよ、興味ないことを見ていないくせにさ。俺の腹の虫はしっかりと聞いていたのかよ。

礼は言わないぞ。だって、この干し肉は俺が買ったものなんだからな。

らしくないことをするマインに心を振り回されていると、当の彼女は干し肉を食べて満足したようで、俺の膝を枕に横になってしまう。

「寝るなら、後ろの空いたスペースにしてくれよ」

「嫌！　あっちは固くて寝にくい。このベッドはまあまあ」

「まあまあで悪かったな」

「口煩(うるさ)いベッドなのが玉に瑕(きず)。着いたら起こして……」

酷い言いようである。そして寝るのが早いって！

本当に寝付きが良いな。小さな寝息を立てて、静かに眠る姿はただの幼い子供に見えてしまう。これを本人に言ってしまえば、あのルドルフとかいう聖騎士みたいに黒斧で打ち上げられてしまうだろうけど。

マインの頭を撫でて、まったりしながらもう片手で黒剣グリードを握る。

「なあ、グリード。マインは何と戦っているんだろうな」

『さあな』

「知っているくせに、またとぼけるのかよ」

『この先付いていけば、その一端を見ることができるだろうさ。だが、深入りはするなよ』

「一端か……」

大罪スキルに関係しているんだろうか。それとも全く違う何かなのか。今の俺には知る由もない。

こっちは真剣に聞いているってのに、お気楽グリードといったら、いたずらっぽい声でとんでもないことを言ってくる。

『フェイト、チャンスだ。あの時のリベンジをするのだ』

「何をだよ」

『熟睡しているマインの額に、憤怒と書いてやれ！　面白いことになるぞ』

「それはお前からしたら、面白いだろうさ」

『やるのか？　やってしまうのか？』

「やるかよ！　俺はまだ死にたくない」

さっき思い出していたルドルフが彼方（かなた）へ飛んでいく記憶が、人物が俺に入れ替わってリピートされていく。空を飛んで、一足先に目的の村まで行ってま～す！　なんて……できるわけないだろっ！

まったく、グリードは真面目な話をしていたのに、いつもこんな感じだから困る。

しばらくして、馬車が村へと着いた。

思わず、そう声が出てしまうほど、一面の麦畑が広がる村だった。農耕がとても発達しているようだ。至る所に水車が作られて、その力を利用した臼が麦を挽（ひ）いている音が聞こえてくる。

「これは……すごい」

村から漂って来るこの香ばしくて、涎が出そうなくらい美味しい匂いは……パンだ！

どうやら麦以外の作物も育てているようで、見たこともない野菜の畑までところどころで見受けられた。更には牛や豚の鳴き声がたまに聞こえてくる。

俺の故郷だった村よりも遥かに豊かだった。

「これほど繁栄している村を見たのは初めてだ」

「そうでしょうね。このスイ村は、湧き水が豊富でした。なんでもその水が植物の成長に良いらしいんです。村の中心にある湖がそうなんで、着けばすぐに見られますよ」

「へぇ～、そんな水があるんだ。不思議だな」

「なんでも、五十年ほど前から急に湧き始めたらしいです。その小さな泉の周りには、青々とした植物が育っていたそうです。偶然見つけた旅人によって、次第に人が集まるようになって今の村ができたと聞いています」

突然水が湧くものなんだろうか？　この村へ来るまでの大地はお世辞にも、良いものではなかった。乾いた土が広がっていたんだけど……。

ここは砂漠の中にあるオアシスのようにも見える。

「あっ、そうだ。先を急ぐお客さんたちには要らぬことだと思いますが、念のために言っておきます」

オッサンは不思議なことを俺に言ってくる。

「ここへ長居してはいけません。絶対にです」

「どうして？　こんなにのどかな場所なのに？」

本当の原因は彼もわかっていないようだ。要領を得ない顔をしながら、続ける。

「それはですね。ずっと居るとこの村から出る気がなくなってしまうんです」

嘘だ!?　なんて言いたかったけど、オッサンのあまりにも力強い声に苦笑いするしかなかった。

なので、俺たちは一日だけここへ泊まってすぐに旅立つようにした。

オッサンには馬を休ませるため先に宿屋へ行ってもらう。俺は眠っているマインと黒斧スロースを馬車から降ろして一旦、彼と別れた。

さて、どうやってマインを起こしたものやら……考えものである。

下手に起こすと、寝起きの悪そうな彼女は怒るかもしれないし。でも、村に着いたら起こしてくれって言ったのはマインだ。

そうだな……爆睡中の彼女を優しく確実に起こす良い方法があればな……。

あっ!?　良い方法を思いついたぞ！

「では早速」

寝息を立てているマインの小さな鼻をつまんでやる。そして、暫し待つ。

彼女の眉が小刻みに動き出す。それは体中に伝播していった。

おおっ、良い感じだ。

顔が赤くなってきているのでいよいよ苦しくなってきたようだ。後はタイミングを見極めるだけだ。

今だ!!

俺はマインが目を開ける瞬間、その一歩手前でつまんでいた彼女の鼻を解放した。

「マイン、村に着いたよ」

「……そう」

彼女は俺の起こし方に気が付いていなかったようだ。フムフム、この手は使えるぞ……なんてな。

「はい、マインの黒斧。それと御者のオッサンには馬を休ませるために、宿屋に行ってもらったから。俺たちで食料の買い出しに行こうか」

「わかった」

俺から黒斧スロースを受け取ったマインは、起き上がったと思ったら素早い動きで俺の鼻をつまんできた。

「今回は私が起こすように頼んだから、許してあげる。でも次にやったら」

「いてててっ」

バレてた！　くっそ……上手くいかなかったか！

でも、次も諦めないからな。なぜなら、マインの寝顔を見ていると、いたずらせずにはいられないからだ。どうしてなのかはわからないけど、なんかやっちゃうんだよね。

おそらく、身内の暴食スキルがそうさせるのだ。なんて、いい加減な理由をこじつけているると、眉をひそめたマインにまた鼻をつまみ上げられてしまう。今度はさっきよりも強めだった。痛い、痛い、痛いって！

「聞いてる？」

「聞いてます。次はしないから、離してくれ！」

やっと解放された鼻を擦りながら、思う。フフフフッ、同じ手はな。次は違う手で起こしてやるぜ……なんてな。

さて、冗談はこれくらいにして、買い出しに行きますか。

「宿屋で早く休みたいし、さっさと買い物を済ませようか」

「そのつもり、まだ寝足りない」

「まだ寝るつもりなのかよ！」

お眠なマインを連れて、村の賑わっている方へ進んでいく。

店の数は多くないけど、どこも多すぎるのではないかってくらい品を並べている。

野菜を売っている店のおばさんに聞いてみると、

「良いのよ。この村ではこれが当たり前なのよ。ここでは農作物や家畜はびっくりするほど育っちゃうのよね。だけど、村の外へ持ち出すとすぐに傷んだり腐ったりするから、他の都市へはなかなか出荷できないのよ」

「それって食べて大丈夫なんですか？」

「大丈夫、大丈夫！　だって私たちは毎日食べているんだもの。でもあなた達は旅の食料を求めているのよね」

「はい、そうです」

「なら、塩漬けにした干し肉くらいね。あれだと良いみたいよ。ここへ立ち寄った旅人はみんなあれを買っていくわ」

八百屋のおばさんに教えてもらったことに従って、俺たちは隣の肉屋で塩っ辛そうな干し肉を多めに購入した。もちろん、マインは銅貨1枚も払っていない。

俺は干し肉が沢山詰まった麻袋を持って歩きながら、マインに話しかける。

「それにしても、変わった村だね。作物や家畜はよく育つし、それを簡単には持ち出せないし」

「フェイト、あれを見て」

「なに？　あの三つ子のこと？」

「うん。それにあそこも」

「えっ……四つ子⁉」

これだけではない。他にも沢山の子供たちが、同じように三つ子だったり、四つ子だったりするのだ。これって普通ありえないよな。

「子宝村なのかな」

「違う」

マインにバッサリと切り捨てられた俺に、グリードが《読心》スキルを通して言ってくる。

『マインの言うとおりだな。これは明らかに何かによって引き起こされている』

「何かって？　なんだよ……何も無いぞ」

『そのヒントはすでに耳にしてるはずだ』

ヒント？　う〜ん、そうなればこの奇っ怪な村ができた起点となることがそうなのだろう。摩訶（まか）不思議な水が湧き出した……これがすべての始まりだ。

俺たちはこの村の中心にある大きな湖に足を運ぶ。最初は小さな泉だったそうだが、今では王都のお城がすっぽりと入ってしまいそうなくらい大きい。

この湖は、人々の憩いの場になっているみたいで、老若男女がまったりと水浴びをしている。

俺はなんとなく、湖の水を手で掬おうと手を伸ばすが、

「フェイト、駄目。刺激しないほうが良い」

「えっ、俺はこの水を調べようと――」

マインに腕を掴まれてしまったのだ。そのまま、彼女は持っていた黒斧を地面に置いた。

「もしかしてって思っていたけど、これは本物」

『そのようだな』

グリードがマインの意見に同意する。俺は何のことやらさっぱりわからない。

置いてけぼりは嫌なので、どういうことか聞くとマインから出てきた答えは、

「都市喰らい」

という聞きなれない言葉だった。それに、グリードが補足してくれる。

『魔物だ。とても巨大な魔物でな。しかも大飯食らいなのだ。と言っても何百年に一回しか食べないけどな。ここからが重要だ。この魔物は一度に沢山食べるためにとても気の長い方法を採る』

「まさか……それって」

さすがの俺だって、ここまで言われてしまえば理解できる。

魔物の名前が都市喰らいならば、答えが出ているようなものだ。

だからこそ、魔物はこの村の異常と言えるほどの繁栄に力を貸しているのだ。この水によって……これは獲物である人間を呼び込むための撒き餌みたいなものだ。魔物は何よりも人間を食べることを好む。

先程見た、三つ子や四つ子ばかりの子供たちが生まれてくるのだって、都市喰らいの水によるんだろう。より多く食べられるように、仕組まれているのだ。

俺は湖の底に目を凝らすが、深すぎてそれらしきものは見えなかった。この深さなら鑑定スキルも発動しないだろう。

「都市喰らいはこの下にいるのか？」

「いる。そしていつかここにいる人達をすべて喰らう」

「なら……いや」

そう言おうとして、言葉を呑んだ。これはそういう問題ではない。

マインは俺の言いたいことがよくわかっているみたいで、代わりに続けてくれる。

「もし、私達が都市喰らいと戦えば、この村には取り返しのつかない被害がでる。それに、このことを言ったところで信じる人はいない。都市喰らいは地中深くに巣食っている。避難をしない人たちは戦いに巻き込まれてしまう」

「それに倒してしまえば、この村は死ぬ」

「そう。都市喰らいの力によって繁栄しているから、いなくなれば元の枯れた土地に戻る。移住するとしても、フェイトは彼らに今と同じ暮らしを提供できる？」

「……できない」

「これは倒してはいけない魔物」

「でも……それは」

結果の先延ばしのようにも思える。だけど、こればかりはマインが正しいのだろう。

都市喰らいというのだから、この魔物が喰らう規模に村が発展するまで、かなりの長い年月がかかるはずだ。百年、いや二百年は必要かもしれない。

それまではここに暮らす人達は、幸せな時間を過ごせる。なのに、ふらりと立ち寄った旅人が、勝手に未来を決めて良いものではない。

わかっているのに何もできない、やるせなさに黒剣グリードを握ると、

『いつか良い方法が見つかったら、またここへ来ればいい。そうだろ、フェイト』

「ああ、そうするよ。今はそうするよ」

弱気になりそうになった時、ふと彼女の顔が脳裏をよぎった。もし、ロキシー様だったら、どうしたろうか……。

彼女なら、彼女らしく俺には考えつかないようなことをやってのけてしまうんだろう。

俺は湖を眺めるマインに言う。

「今の俺じゃあ、できないことばかりだけど。次にここに立った時は……」

「力だけでは解決できない戦いもある。それをフェイトに知ってもらえたから、今はそれで良いと思う。宿屋に行こう」

無表情なマインが、そのときだけほんの少し優しい顔をしたように見えた。

都市喰らい……倒してはいけない魔物か。今まで倒してきた魔物には、いなかったタイプだ。

このような、倒すことが正義とはならない魔物とまた出会ってしまったら、俺は今度こそ黒剣を鞘から引き抜けるのだろうか。心の天秤次第なのかもしれない。

第15話　黄昏（たそがれ）の老騎士

都市喰らいが眠るスイ村で補給を済ませた俺たちは、また馬車に揺られている。

王都から離れるほど、都市がまばらになっていく。つまり、ガリアに近づけば近づくほど、人が住みにくい土地になっていくということだ。それはガリアから流れ込む魔物の影響が大きい。

今は侵入をせき止める責務を負う聖騎士が不在なので、状況は悪化の一途らしい。ここに来るまで、魔物をかなり倒したので、身をもってわかってしまう。

ガリアからまだ遠い地域まで魔物が流入している。これは王国に深刻な影響を与えそうだ。

そんなことを思っていると、小さな村に差し掛かった途端、馬車が大きな音を立てながら止まってしまった。

「あちゃー、これはいかん。どうやら……左側の車輪が壊れてしまいました」

馬車から降りた男は困った顔で俺にそう説明した。修理をするために三日ほど時間が必要だという。俺たちはしばらくの間、この小さな村に滞在することになった。

マインは俺に何かをやってほしいと言っていたので、ここで立ち往生することに怒り出すかと思ったら、そうでもなかった。時間の問題じゃないと言って、村の様子を見るために一人で散歩に行ってしまう。マイペースな奴だ。

俺は村で三日ほど滞在する許しをもらうため、村長を探すことにした。

「それにしても、この村は平和だな」

『おそらく、力の強い者が村を守護しているのだろう』

グリードが《読心》スキルを通して俺に言ってくる。たしかにそうかもな、ここに来るまでそれなりに倒した魔物と同じ影が、この村には感じられない。ガリアまで後もう半分となる場所に位置するはずなのに、この村は王都のように平和だ。

それってある意味で異常だ。俺はすれ違う幼い子供達を見ながら、首を傾げる。環境としてはよろしくないのに、この小さな村の人々は安心しきったように落ち着いているのだ。

しばらく歩いていると、大きな切り株に腰を掛けた老人がいた。伸びた白髪を首後ろで束ねている。

丁度いい、この人に村長がどこにいるかを聞いてみよう。近づいていくと、逆に向こうから話しかけられてしまう。

「この村にきた強い気配の一つは君か。ふむ、敵意はなさそうだ」

老人はニッコリと笑いながら、俺に握手を求めてくる。

「儂がアーロン・バルバトス。この村の長をしている者だ。歓迎しよう、若き武人殿」

この人が村のトップか。おっと、ちゃんと俺も自己紹介しないと。

「俺はフェイト・グラファイトといいます。乗っていた馬車が壊れてしまったので、修理する間、この村に宿泊する許可をもらえますか？」

「ああ、好きなだけ滞在してくれて構わない。その代わり条件がある。まず、儂と一つ勝負をしてみないかい？」

そう言うとアーロンは切り株の下から、黄金色の剣を取り出した。これは……聖剣だ。つまり、彼は聖騎士ということになる。そして、俺たちがこの村に入ったことを察知していて、武器を隠して待ち構えていた。

最初にアーロンは言っていた。俺に敵意はないと……。もし、彼のお眼鏡に適わなかったら、問答無用で斬り殺されていた可能性があったのか。

「いいえ、聖騎士様と戦えるほど、強くはありません」

「ハハハッ、嘘を言うな。儂は鑑定スキル持ちだ。君はレベル1の癖に、とんでもないステータスだな」

マジか……鑑定スキル持ちの聖騎士か。隠蔽スキルで、スキルは隠せてもステータスは偽れない。以前から恐れていたことだが、まさかここで見破られてしまうとは思ってもみなかった。

「で、どうするというんですか？」

俺は黒剣グリードを鞘から引き抜き始める。すると、アーロンは左手を俺の前に突き出して言う。

「先程も言ったはずだ、君に敵意はないと。だから死闘をしたいわけではない。君の強さが知りたいので、軽く戦ってみないかと言っているだけだ。どうする？」

この老人、俺に確認を取りながらも、聖剣を鞘から引き抜いた。やる気満々じゃないか。なら、もうやるしかない。俺は黒剣グリードの剣先をアーロンに向ける。

「ふむ、構えはまるでゴブリン、コボルトのようだな。野性味あふれる構えだ」

「褒めてますか？」

「いや」

仕方ないだろ。師匠なんていない俺の剣術は自己流なのだ。これが正しい構えかどうかなんて、知ったことではない。要は、魔物を倒せればいいのだ。

「それでは魔物は倒せても、対人戦では苦労しそうだな」

「そうですか？　鑑定スキルを持っているなら、わかるはずです。このステータスなら……」

「果たして、それはどうかな」

次の瞬間、俺の鼻先にアーロンが持つ聖剣の剣先があった。速いっ！

「全ステータスが２００万超え、たしかに見た目は強い。だが、それをすべて活かしきれていないのではお粗末。おそらく、君は急激に強くなっていく自分の体に慣れていっていないとみえる」

「だったら、どうしろと」

「なぁに、年寄りの戯れとして、この村に滞在する間、儂が君の指導をしてやろう。それがこの村に滞在する条件だ、どうかな？」

戯れか……。そんなことで俺に戦い方を教えてくれるという。もしかしたら、あの優しそうな笑顔に裏があるかもしれない。だけど、全ステータスが２００万を超えた辺りから、体のコントロールに違和感を覚えだしていた。

これはチャンスかもしれない。年老いた聖騎士が戦い方を教えてくれるなら、願ったり叶ったりだ。ゴブリン先生との実戦訓練で培った戦い方ではこの先行き詰まりそうだしな。

「わかりました。しばらくの間、よろしくお願いします」

俺が黒剣を納めて、アーロンに頭を下げる。

彼は聖剣を鞘にしまうと、再び握手を求めてきた。

「ふむ。よろしく、フェイト。このまま老いて死ぬよりも、これぞと思う若者に儂のすべてを伝えたいと常々思っていたのだよ。いやはや、丁度良いところに来てくれたものだ」

「あの……言っておきますけど、この村に滞在するのは三日を予定していますから」

「それはいかんな。では早速、修行といこうか！」

また聖剣を引き抜くのかと思ったら、素手で仕掛けてくる。慌てて拳を受け止めるが、あまりの重さに大きく後ろに飛ばされてしまうほどだ。この爺さん、元気が良すぎる。

「ほう、不意打ちに近かったのにしっかりと受け止めたか。では、これはどうかな」

「なっ⁉」

曲芸じみた動きで、俺に襲い掛かってくるアーロン。これが本当に老い先短い爺の動きかっ！

結局、俺は夕暮れまでアーロンに体術をみっちりと教え込まれてしまった。自動回復スキルがなかったら、きっと俺の体は青あざだらけになっていただろう。

「ステータスのコントロールは武器を持たない素手が一番感じやすい。さて、今日はこのくらいにしよう。ではフェイト、家に案内するから付いてきなさい」

明日もしごかれるのかな……なんて思っていると、向こう側からマインがテクテクと歩いてくるではないか。それを見て、アーロンは一瞬だけ驚いた顔をする。

「まさか……」

「どうしたんですか？」

「いや、なんでもない。彼女も君の連れかい？」

「そうです。マインっていいます。怒りっぽいんで気をつけてください。手がつけられないじゃじゃ馬なんです」

「それは大変だ、ハハッハッ」

「笑い事ではないんですけどね」

二人でマインの噂話をしていると、こちらへ向かって歩いているマインがくしゃみをした。

そして、なぜか俺を睨みだすのだった。ええええっ、もうオコですか……。

第16話　剣聖の極意

アーロンの案内で彼の家にやってきた俺たち。聖騎士の家だから、屋敷のように大きいだろうと思っていたら、全く違った。干しレンガで作られた質素な平屋だった。

「ハハッハッ、もしかして、もっと豪華な家だと思ったかな」

「正直、そうだと思っていました」

「素直でよろしい。そちらのお嬢さんは、この家で満足してくれるかな」

そうアーロンがマインに聞いてみるが、プイッと顔を振って無視されてしまう。

「おや、機嫌が悪いみたいだ」

「気にしない方がいいですよ。マインはいつもこんな感じです」

「そうか……」

アーロンは少し残念そうに家のドアを開けて、俺たちに中へ入るように促す。

マインが人に気を許さないのは今に始まったことではない。一緒に彼女と旅をするようになって、俺が知る限り他人と生産的な会話をしている姿を見たことがない。唯一、俺が同じ大罪スキル保持者ということで、話ができる程度だ。俺にはマインは己の力のみを信じている孤高の武人のように見える。きっとそれが彼女らしい戦い方なのだろう。

アーロンの家の中に入ると、部屋には予想以上に何もなかった。そんな俺にアーロンは笑いながら語ってくれた。

「この家は村人たちが儂のためにわざわざ作ってくれたのだ。元々、ここに村はなかったのだ。儂が魔物を倒して憂さ晴らしをしていたらいつの間にか、行き場を失った人々が勝手に集まって、村を作りおったのだ。そして、なし崩し的に村を守護する長に収まったわけだ」

困った奴らだと言いながらも、悪くは思っていないようだ。ここで死を待つだけよりは、暇つぶしになるという。

アーロンは俺たちにお茶を出してくれながら、話を続ける。

「儂は村人たちに言っておるのだ。この歳だ、いつまでもお前たちを守ってはやれないとな。だが、行く宛もないといってここに最後までいたいと言う」

「村の人達は、アーロン様と死にたいと言うんですか？」

「様はいらん。アーロンでいい。そうみたいだな、こればかりは困った話だ。儂が死んだ後、村人たちが魔物に食い殺されるのがわかっているわけだからな」

これればかりはどうすることもできないと言って、アーロン自身も諦めているようだ。

「もしかして、俺にあなたの代わりにこの村を守れと、言わないですよね？」

「ハハハッハッ、さすがにそれはない。たまたまこの村を訪れた君にそれを頼むのはおかしい」

「なら、どうして俺にここまでしてくれるんですか？」

無償で見ず知らずの者に鍛錬をつけるなんて、やはり納得がいかない。先程の話を聞かされたら尚更だ。

すると、アーロンは真剣な眼差しになって俺に言った。

「これは儂のエゴだ。ただ、君を通して儂が生きた証を残したかったのだ。老い先短い年寄りの願いを叶えてくれんか」

「証ですか……」

そう言いながら、部屋を見渡すと、ベッドの横の棚に立てかけられた絵が見えた。親子が描かれている。父親はおそらく若い頃のアーロン。黒髪の妻はとても美しい。

その間に挟まれるように、勝ち気な顔をした黒髪の男の子がいる。手には聖剣を模した玩具を握っていた。

「あの……あそこにある絵は？」

「儂の家族だ。昔、王都に仕えていた頃、仕事ばかりでろくに領地に帰れなくてな。儂がガリアに赴いている時、運悪く領地に侵入してきた魔物によって二人とも殺されてしまったのだ。今はあれをベッドの側において、懺悔をする日々を送っているわけさ。おかしな話だろ」

「いえ……変なことを聞いてすみません」

あの絵の男の子はどこか俺に似ているような気がする。もしかして、アーロンは俺を死んだ息子と重ね合わせているのではないか？　考えすぎかもしれないが……息子に伝えたかったものを、俺に伝えることで彼なりの罪滅ぼしをしようとしているのでないか。

ふと見せたアーロンの悲しそうな顔を目にした時、なんとなくそう思えたんだ。

＊

翌日、木の陰で欠伸をするマイン。呑気なものだ。俺はそれどころではない。

残り二日しかないので、アーロンが張り切って朝から俺に鍛錬を付けてくれているのだ。

ぐはっ……。きっついのをみぞおちに三発、貰ってしまった。

「よそ見とは、まだまだ余裕のようだな」

「もうちょっと、ゆっくりとやりませんか。激しすぎですよ、ぎっくり腰になっても知りませんよ」

「ほう、減らず口をきけるほど、元気のようだ」

あら、変なスイッチを入れてしまったのかな。ステータスをコントロールするために最適な素手による組手らしいが、当たりどころが悪いと大怪我しかねない。

アーロンによれば実戦に近い緊張感が、より鍛錬の効果を高めているらしい。まあ、普通なら三年かかるものを三日に詰め込むという荒業なので、仕方ないのかもしれない。

だからこそ、口で言うよりも体に染み込ませるというスタイルなのだ。

そのかいあってか、頭で考えるよりも、体が勝手に反応するようになってきたような気がする。その時の最適なステータスコントロールを自動的にしているのだ。

さらに攻防は昼まで休むことなく続いた。

「ふむ、かなり形になってきたな。やはり、口で言うよりも早い。君が丈夫で助かった」

「じゃないと、今頃死んでいますよ」

自動回復スキルの恩恵に感謝しながら鍛錬をしていると、またあの疼きがやってきた。

チッ、こんな時に。あれから、飢餓状態を抑え込む訓練をしてきたことで改善の兆しが見えてきたのだが、こうやって意識が別のことへ向いてしまうと、すかさず顔を出してくるのだ。

　この感じだと、右目はもう赤くなっているだろう。片目を瞑って誤魔化すか……いや、アーロン相手には無理だ。片目では彼の猛攻を止めきれない。仕方ないよな……。

「ん？　これはまた、奇っ怪な……目の色が変わったな。その色は、マインの瞳と同じ色のようだな……」

「興奮すると瞳の色が変わるんですよ」

「となると、マインは興奮しっぱなしとなるが……」

　それを聞いたマインがそっと黒斧を手に持とうとしている。私が興奮しっぱなしだって？　という目で俺を見てくる。

　うあああぁぁ。咄嗟に嘘を吐くものではないな。難しい顔をしだしたアーロンに続きをしてもらうように促す。

「さあ、続きをお願いします」

「やる気があることはいいことだ。ではいくぞ」

　これは……アーロンの動きがコマ送りのように見える。半飢餓状態がいつもよりも冴え渡っている。訓練の成果が相乗効果として現れているのか。

「なにっ⁉　急に動きが良くなってきたじゃないか」

「アーロンの教えがいいからですよ。じゃあ、こちらからもいきますよ」

対人戦で重要なのは足運びだ。下半身の動きで、およその予想ができてしまう。アーロンに教え込まれてきたことを彼に返す。深い踏み込みなら、本気の一撃。逆に浅い踏み込みなら、牽制（けんせい）や誘いだ。普通、攻撃を仕掛けてくる腕に視線がいきがちだ。しかし、起点となっている足の動きこそが、先読みに必要なのだ。

見えた、ここだ！

「おおっ……やるようになったな」

俺はアーロンの拳を躱して、懐に飛び込んで、右拳を彼の鼻先の寸前で止めてみせた。

まあ、これが出来たのは半飢餓状態があってこそだ。通常状態では、まだこの域には達せない。しかし、半飢餓状態でここまで出来てしまうのだから、身体能力に完全ブーストがかかる飢餓状態なら、とんでもない動き……人智を超えた戦いができるかもしれない。

「まさに目の色が変わったら、人が変わったように動きに鋭さが増したな。それが本来の君の力というわけか。見たところ、心に負担がかかっているようにも感じられるが……それもまた修行中というわけかな？」

「そんな感じです」

俺は苦笑いで誤魔化しながら、ふとアーロンのステータスが気になった。
向こうも鑑定スキルを使って、俺を調べたのだ。使ってもおあいこだろう。
《鑑定》を発動。

アーロン・バルバトス　Lv180
体　力：3244000
筋　力：3856000
魔　力：3948000
精　神：3874000
敏　捷：4098000
スキル：

強い……。すべてが300万オーバーしている。今の俺より強いじゃないか！
スキルはおそらく隠蔽スキルによって見えないようにされている。
それにしても、このステータスならかなり上位の聖騎士だ。
ステータスを見ることに集中していた俺に、アーロンは呆れながら忠告してくれる。

「鑑定スキルを正面から使うのは感心しないな。そのスキルは特有の眼球運動を僅かにするから、知っている者が見れば鑑定されていることがすぐにわかってしまうぞ」

「そうなんですか……」

「まあ、知らなくて当然か。儂が君を直視しながら鑑定しても、何も反応を示さなかったからな」

トップレベルの武人になると、鑑定すら見破ることができるのか。今度、鏡を見ながら鑑定スキルを使って、目がどう動くのか調べてみよう。

さらにアーロンは俺に有用な技を教えてくれる。

「鑑定スキルを一時的に妨害する方法がある」

「すごく知りたいです」

他とは違うステータスを持つ俺にとってはありがたい。戦闘においても自分の情報を相手に知られないようにしたい。

「試しに、儂に鑑定スキルを使ってみろ」

言われた通り、《鑑定》スキルを使う。

うっ⁉ 急に目が眩(くら)んだ。一体何をやられたのか……。

「君が鑑定スキルを使うと同時に、ただ体内の魔力を放ったのだ。こうやって上手くタイミングを合わせてやると、相手は目が眩んでしばらくの間、鑑定スキルが使えなくなる。最近ではこんな芸当ができる者は少なくなったが、かなり使える技術だ。覚えておくといい」

「ありがとうございます」

「では、そろそろ昼飯にしよう」

「はい」

いろいろと勉強になる。グリードは自身を使った戦い方は教えてくれても、こういった基礎は一切何も言わない。

だからこそ、アーロンから指導を受けてわかる。こういった基本の積み重ねが、いざという時になって力になってくれると思うのだ。

第17話　望まれた共闘

最後の日は、アーロンから剣術を習うことになった。

といっても、時間の制限があるので基本的な型だけだ。構え、剣の振り方、受け流し方など彼の祖先から伝わる流派を教え込まれている。

そして、手にしているのは黒剣グリードではない。ただの木の棒だ。なぜならグリードを持っていると、読心スキルを通していろいろ横槍を入れてくるからだ。

せっかくアーロンが教えてくれるというのに、それだと台無しなのでグリードにはマインの黒斧と並んで仲良く日向(ひなた)ぼっこしてもらっている。

限られた時間だけど、俺は今できる全身全霊をもってアーロンからの指導に耳を傾ける。

「脇が開きすぎている。膝をもう少し曲げて姿勢は下げる」

「こんな感じですか？」

「う～ん。微妙に違うな」

アーロンは俺の前で実際に中段の構えを見せてくれる。同じだと思うんだけどな……。少しのズレも許さない、妥協なき男であるアーロンは、構えの型一つ一つを懇切丁寧に教えてくれた。

そのかいあって、俺の基礎剣術はかなり向上したといえる。アーロン曰く、ゴブリンからやっと人間になれたらしい。まあ、今まで気の赴くまま自由に黒剣を振るっていたので、ゴブリン扱いされてもしかたないか。

剣術を身につけることで、前よりは理性的に剣が振るえそうだ。

俺はアーロンをお手本に、中段の構えを再度調整する。

「どうですか？」

「ふむ、だいぶ良くなった。もう少し剣を下げてみろ」

この少しっていうのがとてもさじ加減が難しい。僅かに剣先が天に向かっていたのを下げてやる。

「そこだ。その状態を体に覚え込ませるのだ」

「はい」

その様子に満足したアーロンは、持っていた聖剣を鞘に納める。

「構えは、そのくらいで良いだろう。最後に儂の剣を受け流してみるんだ」

「えええええっ、俺が持っているのは木の棒ですよ」

いやいや、受け流す前にスパッと木の棒を斬られて、ズバッと俺の体が真っ二つにされてしまうんじゃ……。俺が無理無理って顔を振っていたら、有無を言わさず柄に手を置いた。

「儂が教えた通りにやるのだ。大丈夫だ、君の目ならできる」

半飢餓状態は未だ継続中だ。確かにこの目をもってすれば、アーロンの動きを捉えることは容易い。

あとは、体が思うように付いてくるかどうかだが……。そんなことはやる前から考えていても、始まらない。

それに面白いじゃないか。この木の棒で、聖剣を受け流せるなんてことができたらさ。

そう思ったら、返事は決まっていた。

「お願いします」

「良かろう。ではいくぞ！」

アーロンは大きく踏み込むと同時に、聖剣を鞘から引き抜く。そして、上段から斬りかかってきた。

赤眼のおかげでその動きはゆっくりと見える。俺は彼から教えてもらったことを呼び起こしながら、木の棒を握りしめた。

聖剣の軌道を予測し、その角度を見極める。木の棒でその角度と相反する角度ではなく、添うような僅かに違う角度で、したたかに弾く。

無数の木屑が宙を舞い、聖剣は俺の前髪を掠めていった。

ギリギリだったけど、なんとか上手くいったようだ。おそらく、この弱々しい木の棒だから成功に繋がったのだ。いとも簡単に切り飛ばされてしまうからこそ、そうならないために必要最低限の力をイメージできた。

アーロンはそれをわかっていて、俺にこの木の棒で聖剣を受けてみよなんて、言ってきたのだろう。

この感覚は忘れないようにしよう。削れて今にも折れそうな木の棒を見ていると、アーロンはニッコリと笑った。

「これで終わりだな。三日あまりという短い期間だったがよく儂の指導に付いてきた。先程の受け流し、見事だったぞ。だが、剣術においてはまだまだ免許皆伝には程遠い。後は教えた基本動作を基(もと)に日々の反復練習だ。上を目指すなら、この経験を活かして頑張ってみろ」

「ありがとうございました！」

　これで、基本を一通り教わったことになる。三日間ずっと飯と寝る時間以外はすべて修練に注ぎ込まれたので、俺はかなりへとへとになってしまった。だが、教えてくれたアーロンだって相当疲れたはずだ。見た感じは、それを全く感じさせない……さすがは剣聖だ。

　アーロンは昔、王都で王から剣聖の称号を得ていたという。剣聖とは、冠魔物討伐で数々の武功を立て、長年に亘(わた)って国に貢献した者に与えられるとても名誉ある称号だ。

　しかし、アーロンは自身を剣聖失格と言い張る。それはきっと、称号と引き換えにかけがえのない家族を失ってしまったからだ。本当に守りたかったものすら守れない自身を、今も責め続けているように見える。そして、剣聖になるために戦い続けていた過去の自分を憎んですらいるように感じた。

　アーロンは額の汗を拭いながら、俺に微笑む。

「いよいよ、明日にはここを旅立つか、寂しくなるな」

「ええ、俺にはやりたいことがありますし」

「ガリアか……あそこは、今酷い有様だ。行くなと言っても、無駄のようだが」

　俺はアーロンにガリアを目指していることを伝えている。驚くかと思いきや、納得した顔をされてしまった。腕に覚えがある武人は最終的にガリアを目指すからだ。

　魔物が溢れかえるガリアとの国境線は、武人にとって高額な討伐賞金が稼げる最高の狩場なのだ。その代わり、命を失うリスクは非常に高い。ハイリスクハイリターン。

　武人なら一度は行って、一生涯分の使いきれないほどの大金を稼ぐのを夢見るという。

「フェイト、一つ言っておく。もし、誰かのためにガリアに赴くのなら、やめておけ。天竜が空を舞うあの場所では、命など儚いものだ。あそこでは、自分の命だけ守りながら戦うことがやっとだ。誰かのために戦うことだけはやってはならぬ」

「それでも俺は……」

「そして、君は何かを守りながら戦うのが苦手とみえる。……儂が言えることはここまでだ」

　アーロンは井戸の方へ歩いて行ってしまう。俺への指導でかいた汗を流すためだ。もしかしたら、そのものを言わず、俺から離れていく背中は、なぜか寂しそうに見えた。

　俺がガリアに行って死んでしまうことを心配してくれているのかもしれない。

　たったの三日といえど、アーロンは俺を弟子としてみてくれていたんだ。そうわかってしまうと、都合よく剣聖から指導を受けられると上辺だけで喜んでいた自分が恥ずかしくなってしまう。

　なら、今日の最後くらい、師匠の背中を流すのも弟子の役目だろう。

　アーロンを追いかける俺にグリードが《読心》スキルを通して声をかけてくる。

『あのような絶滅危惧（きぐ）の武人は久しぶりに見たな……。強くしてもらったんだ。しっかりと礼を言っておけ』

「言われなくても、そうするさ」

＊

別れの夕食を俺とアーロン、マインで食べている。マインは相変わらず、興味なさそうな顔をして、口に食べ物を運んでいる。美味しくないのかな？　俺としてはふんだんに野菜が入っている雑炊は文句なく美味い！

「マインって、なんでも食事を不味（まず）そうに食べるよね」

「ああ、私は味覚がないから……何食べても同じ」

「そうだったんだ」

知らなかった。そうなら、気が引けるな。横で美味しいとか言って、今まで散々食べていたからさ。

「フェイトが気にすることはない。これは私が選んだことだから」

なんとなく、それが憤怒スキルに関係しているような感じがした。でも、ここで追及す線させてしまったら、台無しになってしまう。

る気はない。だって、今はアーロンとの別れを惜しむ夕食なのだ。ここでマインの話で脱線させてしまったら、台無しになってしまう。

そんな俺たちにアーロンが感心しながら言う。

「マインは、武人として完成されているようだな。立ち振る舞い、気迫……など、そのすべてが研ぎ澄まされている。儂など足元にも及ばないだろう」

褒められてマインは悪い気はしないようで、初めてアーロンと向かい合って話す。

「アーロンは見る目がある。名前を覚えておこう。千年くらい修行すれば、アーロンも少しは私に近づける」

「ハハッハッ、千年か……気の遠い話だ。老い先短い儂には厳しいのう」

「それは仕方ない。それが人としての限界だから」

ん⁉　そんな言い方をするとマインがまるで人ではないようではないか。見た目はどっからどうみても、人間の少女の姿をしているのに？

そんな俺の疑問など、アーロンは気にしていないようだ。

もしかしたら、彼はマインから異質な何かを感じ取っているのかもしれない。しかし悪でないなら、それを一つの個性として受け入れているといった具合なのかも。

「一つだけ、マインに聞いてよろしいか？」

「いいよ」

食事の器をテーブルに置き、アーロンは改まってマインに聞く。

「五十年前、ここより東に魔物の大群が現れた時、今と変わらない姿の君を見かけた。あの姿はまさに戦鬼といってもいいくらいだった。君は一体何者なのだ？」

「私は……死ぬことが許されない亡霊。アーロンが見たのはきっと私。だけど、大した戦いではない記憶は覚えていない」

「そうか、あれを大したことがないと言い切るのか。……これは次元が違うな」

アーロンはそう言って、天を仰ぐ。きっと五十年前の戦いを思い返しているのだろう。

そして、笑みが漏れる。

「この歳になって、こんなに不思議なことに出会うとは……長生きしてみるものだ。食事を中断して悪かった。さあ、食べてくれ。おかわり自由だ、ハハッハッ」

落とし所を見つけた感じで、黙々と食べ始めるアーロンとマイン。俺は、話についていけないんだけど……。

気になるのはマインが言った「死ぬことが許されない」という言葉だ。不死ということなのだろうか、それとも不老か。そういえばグリードとも知り合いみたいだし、彼女はかなり長生きしているのかもしれない。

俺が考えを巡らせていると、こんな時に限って暴食スキルが暴れ出し始める。半飢餓状態を三日も無理やり維持していたからだ。この感じだと、本格的にフル飢餓状態に移行しそうだ。

我慢の限界が近い。俺は食事を中断して、アーロンに伝える。

「折角の食事なんですが……ちょっと、俺……魔物を狩ってきます。たしか、ここから西に見える古城に魔物が巣食っているんですよね」

「急にどうした？　顔色が悪いぞ」

「それは……」

俺は迷いに迷いながら暴食スキルのことは伏せて、魔物を倒さないといけない体質だとアーロンに伝えた。すると彼は俺を疑う素振りもなく、話を信じてくれる。

どうやら、俺の右目が赤く染まってから辛そうにしていた姿を見て、何かしらの呪いを受けているのではないかと推察していたようだ。

「ほう、そうしないと心に負荷がかかるのか。厄介な話だな」

「だいぶ慣れてきたんですが、まだまだうまくは付き合っていけないみたいで」

「それを解消するために、あの古城へ行きたいと……」

「はい」

半飢餓状態になってから、あの古城からとても美味しそうな匂いが風に乗って流れてくるのを知っていた。おそらく強い魔物がいるのだ。

昨日、アーロンに聞くと、口を濁しながらもそうだと教えてくれていた。

「あそこには強力な冠魔物がいる。村に流れ込んでくる大半はあそこで湧いた魔物だ」

「昨日も聞いたんですが……なぜ、魔物の根を絶たないいんですか？」

昨日と同じで教えてくれないだろうと思っていたら、今日のアーロンは違った。

ベッドの横の棚に置いてある絵を眺めた後、しばらく目を瞑る。そして、ゆっくりと口を開く。

「元々、儂の城だった場所だ。……あそこには儂の家族が今もいる」

そうか……あの古城はアーロンのものだったのか。ベッドの横の棚に立てかけられた家族の絵、その背景にあるとても大きな城と同じものだったから、薄々そうではないかと思っていた。

あそこには亡くなったアーロンの家族がいるのか。でも、今もってどういう意味だ？

俺の疑問に答えるようにアーロンは続ける。

「古城に巣食っている冠魔物は、死の先駆者という名を持っているリッチ・ロードだ。あれは死者を操る。つまり、儂は死んだ妻、息子……そして領民たちを盾にされて、何もできなかったのだよ」

悲しそうな顔をして、家族の絵を見るアーロン。しかし、すぐに俺を真っ直ぐに見つめてくる。

「フェイトがやってきたのも何かの縁だろう。過去を断ち切る最後の機会かもしれん」

「それって……」

「儂が古城へ案内しよう。勝手知ったるなんとやらだ。君に同行してもいいか？」

「もちろんです。アーロンがいてくれるなら心強い」

「そう言ってくれるなら、ありがたい。なら、すぐに行こうか」

準備を始める俺とアーロン。

そんな中、マインは一人でまだ食事をしている。おそらく、付いてくる気がないのだろう。

装備を調えたアーロンはマインへ、あるお願いをする。

「すまないが、儂がこの村にいない間に魔物がやってきた時、守って欲しい。お願いできるかな？」

「いいよ。その代わり、金貨5枚」

こんな時にお金を請求するとは……。俺がマインに文句を言おうとしたが、アーロンが手で制して止めてくる。

「君のような武人を金貨5枚で雇えるなら、安いものだ。あの古城にはたくさんの蓄えがある。無事に成功した折には金貨5枚といわず、50枚払おう」

「おお、わかった。頑張る」

無表情なマインの顔に薄らと笑みが漏れる。彼女は自分の村のためにお金を集めているので、アーロンの提案はとても魅力的だったのだろう。ウキウキしながら、家の中で黒斧を振り回し始める。危ないな……外でやってくれよ。

家を出ていく俺にマインが声をかけてくる。

「こんなところで死なないで。私の目的にはフェイトが必要」

「大丈夫、ガリアに着くまで死ぬつもりはないよ」

「そう、なら良し」

どこか安心したマインに見送られながら、俺とアーロンは西に見える古城を目指す。

第18話　死を治める都市

日が沈みゆく空の下、アーロンと一緒に手入れされていないあぜ道を進んでいく。

あたりは暗くなっていくので、俺は《暗視》スキルを発動させる。

「ほう、暗視スキルまで持っているようだな」

「わかりますか？」

「儂も持っているから、君の動きを見ていたらわかる」

なるほど、確かに言われてみれば、アーロンは暗がりの中で岩や倒木を軽快に躱している。それにしても人のことは言えないが、アーロンは他の武人に比べてたくさんのスキルを持っている。わかっているだけで鑑定スキル、隠蔽スキル、暗視スキル。そして聖剣を装備しているので、おそらく聖剣技スキルを所持しているだろう。

隠蔽スキルによって、スキルの全貌はわからない。本当に底が知れない老人だ。

そんな俺の視線に気がついたアーロンは言う。

「儂から見れば、君のほうがどれだけのスキルを持っているか、気になるところだがね。ぜひ、隠蔽スキルを解除して見せてもらいたいものだ」

「さすがにこればかりは、アーロンでも見せられません」

「まあ、そうだな。せっかく隠蔽スキルを持っていて、スキルを隠さないとは愚の骨頂だな」

アーロンだって俺にスキルを見せてくれる気はない。お互い様だ。

西へ西へ進んでいくと、道が土から石畳へと変わりだす。その先を見据えれば、白い霧の中から大きな城とそれを囲むように建てられた街が姿を現した。

かつては活気にあふれていたんだろう。そう思わせるくらい建物からその残滓が感じられる。

アーロンが懐かしむように都市の名を口にした。

「また、ハウゼンに帰ってきてしまったな」

「ハウゼン……」

「ああ、この都市は儂がかつて治めていた。今はリッチ・ロードに奪われてしまったがな」

半飢餓状態になった俺にもわかる……あの城から堪え難いぐらい美味そうな者がいると

感じる。暴食スキルが早くあそこに行って、強敵の魂を喰いたいと俺の中で蠢いている。

まったく、飢え始めた暴食スキルときたら、俺の苦労なんて知ったことではないようだ。

右目を押さえていると、アーロンが心配した顔をして声をかけてくる。

「疼くのか？」

「ええ、でもまだ平気です」

「都市に入れば、否応なしに戦うことになるだろう。城の外縁にはスケルトン・ナイトとスケルトン・アーチャーがいる。スケルトン・ナイトは儂が教えた剣術をもってすれば、容易いだろう。気をつけるべきはスケルトン・アーチャーの方だ。こちらの攻撃範囲外から攻撃してくる。儂は飛んでくる矢を剣で止められるが、フェイトはまだ難しいだろう」

確かに四方八方から飛んでくる矢を止めたり、躱したりはきつそうだ。しかし、そうなってしまう前に元を絶てばいいだけだ。

「俺がスケルトン・アーチャーの相手をします」

「それはどういうことだ？」

俺の装備――黒剣グリードを見ながら、アーロンは目を細める。その武器では遠距離攻撃は出来ないと言いたげだ。

口で説明するよりも、実演したほうが早い。俺は黒剣を黒弓へと変化させる。

「こういうことです」

「ほう、面白い武器だな。形を変えるのか……他にもできるのか？」

「あと大鎌になれます」

「これは参ったな。そのような武器を見たのは初めてだ。ハハッハッ、長生きをするものだな。ならば、スケルトン・アーチャーはフェイトに任せよう。道を遮るスケルトン・ナイトは儂に任せろ」

役割分担が決まり、都市へ入るための大門が見えてきた。大門は大破しており、すんなりと入れそうだ。

と思ったが早速、魔物のお出ましだ。

ゾロゾロとスケルトン・ナイトたちが錆びた両手剣を振りかざしながら、大門から出てくる。

そして、都市を囲む高い壁の上ではスケルトン・アーチャーたちが顔を出して、俺たちへ矢を向けていた。

さて、魔物の強さを知るために《鑑定》を発動。

スケルトン・ナイト　Lv35

体　力：２２９０
筋　力：２５４０
魔　力：１２３０
精　神：１１２０
敏　捷：１７４０
スキル：両手剣技、敏捷強化（小）

スケルトン・アーチャー　Ｌｖ35
体　力：１２９０
筋　力：１４４０
魔　力：１１１０
精　神：１２３０
敏　捷：７７０
スキル：弓技、狙撃

まずまずのザコ敵だ。スケルトン・ナイトが持っている両手剣技スキルはすでに持っている。敏捷強化（小）はまだ持っていないので頂いておこう。

スケルトン・アーチャーは弓技と狙撃か。一応、《鑑定》して調べておこう。

弓技：弓の攻撃力が上がる。アーツ《チャージショット》が使用できる。
狙撃：弓の射程範囲を倍加する。

狙撃スキルは厄介だな。しかし、俺が持つ黒弓の性能には遥かに劣る。こちらは視界に入りさえすれば、距離に関係なく必中なのだ。

弓技のアーツ――チャージショットも《鑑定》しておく。こちらは、弓を引いた状態を維持した時間に応じて、矢の貫通力が上がるものだった。

壁の上に50匹以上いるスケルトン・アーチャーが一斉に狙撃スキルとアーツ《チャージショット》を組み合わせてきたら、すべては防ぎきれないだろう。

その前に先制攻撃だ。

「アーロン、スケルトン・アーチャーを一掃します。下は予定通り任せます」

「ああ、しかしまだ距離が遠すぎないか？」

「問題ないです。すべて必中です」

視界に入りさえすれば……俺は彼方のスケルトン・アーチャーへ向けて、黒弓を構えて魔矢を放つ。飛んでいく魔矢は吸い込まれるようにスケルトン・アーチャーの眉間に命中する。

「よっし！　……あれ？」

当たったはずのスケルトン・アーチャーが何事もなかったように起き上がったのだ。

「ハッハッハ、必中の魔弓とは恐れ入ったが、それでは不死属性の魔物は倒せんぞ。倒すためにはこうしなければならない」

お手本としてアーロンが聖剣を、こちらに向かってくるスケルトン・ナイトへかざし、聖剣に魔力を込めていく。すると、スケルトン・ナイトたちの足場が白く輝き出した。

これは、聖剣技のアーツ《グランドクロス》だ。

しかも、ハド戦のときとは比べ物にならないくらい、攻撃範囲が広い。１００匹以上いたスケルトン・ナイトの大群がたった一回のアーツで一掃されてしまった。

ああ、１匹だけスキルゲットのために残しておいてほしかった。そんなことを思える余裕があるほど、清々しい戦いっぷりだ。

「どうだ。こんな感じで不死属性と戦うのだ。できるか？」

「やってみます！」

負けてはいられない。俺の管轄のスケルトン・アーチャーを倒さないと都市の中には入れない。

アーロンが見せてくれたお手本を参考にする。彼は聖属性攻撃……つまり不死属性の弱点属性で攻撃したのだ。なら、炎弾魔法スキルを使った火属性をと思ったが、変わり種を閃(ひらめ)く。それに対して、黒弓の形になっているグリードが面白そうに《読心》スキルを通して言ってくる。

『そうきたか……やってみろ』

「火属性は派手だからさ。焼き尽くすまでにも時間がかかるし。こっちのほうが速効性がある」

俺は黒弓を構えると、先程倒し損ねたスケルトン・アーチャーへ魔矢を向ける。付加するのは、サンドゴーレム戦で得たスキル《砂塵魔法》だ。土属性が加えられた茶色い魔矢が、またしてもスケルトン・アーチャーの眉間に突き刺さる。

すると、そこから石化が始まり、みるみるうちに石像へと固まってしまった。

《暴食スキルが発動します》

《ステータスに体力＋１２９０、筋力＋１４４０、魔力＋１１１０、精神＋１２３０、敏捷＋７７０が加算されます》

《スキルに弓技、狙撃が追加されます》

無機質な声を頭の中で聞きながら、次なる獲物へ狙い澄ます。そんな俺にアーロンがしきりに感心している。

「大したものだ。魔弓に魔法を乗せおったのか……。かつてそれが王都で実験的に試されたことがあった。だが制御がとても難しくて、大暴発。被験者が死亡するという忌まわしい事故が起こった。それ以来、魔弓と魔法の組み合わせは試みられておらんかった。それをいとも簡単にやってのけるとはな。とんでもない爪を隠していたものだ！」

「あはは……それほどでも」

アーロンから大絶賛されてしまったが、この難しい制御とやらはすべてグリードに丸投げしている。グリードって意外にすごいやつだったんだ。

そんなことを思っていると、グリードが偉そうに言ってくる。

『俺様のすごさがわかっただろ。敬え！　俺様を敬え、奉れ！　今からグリード様って呼んでいいぞ。なっ、フェイト』

「絶対に嫌だ」

久しぶりのアピールポイントで調子に乗っているグリードを放っておく。さっさと壁の上に陣取っているスケルトン・アーチャーを残らず倒していくのだ。

第19話　師弟の力

ふぅ～。壁の上にいるスケルトン・アーチャーをすべて石像へと変えたぞ。

こっちに鏃を向けたまま固まっているスケルトン・アーチャーの大群。なんというか、異様な光景だ。

「でかしたぞ、フェイト。さあ、中へ入ろう」

アーロンの後について、俺は破壊された大門を通っていく。都市の中はとても静かだ。

スケルトン・ナイトがまた押し寄せてくるかと思っていたが、違ったようだ。

辺りを警戒する俺にアーロンが声をかけてくる。

「門を守るスケルトンたちを倒したことで、儂たちの存在は察知されているだろう。数が多く面倒なスケルトン・ナイトたちがやってくる前に、一気に行くぞ。フェイトがいれば、スケルトン・アーチャーを気にすることなく、大通りから真っ直ぐに城へ行けるだろう。また頼めるか？」

「ええ、もちろんです」

「では、参ろうか」

「はい」

　ハウゼンの都市は王都の半分くらいの大きさ。この広大な空間に、一体どれほどのスケルトン・ナイトとスケルトン・アーチャーがいるのだろうか。考えただけで背筋が寒くなる。まともに相手をしていたら、すべて倒すまで一週間以上はかかってもおかしくない。

　アーロンが言う通り、侵入を察知してスケルトンたちが砂糖に群がる蟻のように集まってくる前に城へ急いだほうが賢明だ。もうすでに俺たちは１００匹を超えるスケルトンを倒しているため、ヘイトは溜まりに溜まっている。視界に入っただけで親の仇のように襲ってくるだろう。

「駆け抜けながら、行くぞ。準備はいいか？」

「俺は建物の上を常に警戒します」

「儂は道を塞ぐものすべてを切り払おう。よし、では！」

　俺とアーロンはステータスの敏捷を限界まで発揮して、大通りを駆ける。

　すぐにスケルトン・ナイトが40匹ほど現れて、俺たちの行く手を阻もうとする。さらに後ろを見れば、ガチガチと骨を鳴らして、これまたスケルトン・ナイトたちが追いかけてくるではないか。

挟み撃ちにしようとしているのだ。そして、大通りにある商店街の上にはスケルトン・アーチャーが顔を出す。なるほど、身動きが取れなくなったところで、上から矢の雨を降らせて俺たちを仕留める気だ。骨だけで脳みそが詰まっていないくせに、悪知恵が働く。少なくとも、ゴブリンやコボルトよりも戦術的だ。

まあ、それが有効なのはただの武人相手の時だ。アーロンは聖騎士の中でも剣聖の名を持つ、最上級クラスの武人。俺だって、その弟子なのだ。後れを取るわけがない。

「フェイト、後ろに構うな。正面突破する時は、前だけ気にしろ。立ち止まったら終わりと思え！」

全くそのとおりだと思う。なら、俺がやるべきことをしよう。

黒弓を構えて、石化の魔矢を飛ばす。狙うは俺たちに鏃を向けて、今にも放とうとしているスケルトン・アーチャーだ。すべてを倒そうとは思わなくていい。駆け抜けているときだけ、時間を稼げばいいのだ。第一波の矢の雨を放とうとしていたスケルトン・アーチャーを連射で仕留めていく。

《暴食スキルが発動します》

《ステータスに体力＋１２９００、筋力＋１４４００、魔力＋１１１００、精神＋１２３

00、敏捷＋7700が加算されます》

無機質な声を聞きながら、俺はアーロンに頭上を押さえ込んだことを伝える。

「アーロン、今のうちに」

「あい、任された」

アーロンは走りながら、聖剣技のアーツ《グランドクロス》の発動準備に入った。そして、聖剣が青白い光を放ちだしたタイミングで、アーツの発動をとどめてみせる。

「フェイトよ。先程、魔弓に魔法を乗せるのは難しいと言ったが、武器に属性効果を乗せる方法は他にもある。例えば、聖属性のアーツであるグランドクロスを発動させずに、こうやって聖剣にとどめることで、属性攻撃が可能になる。これは比較的簡単だぞ、覚えておくといい」

さすがは剣聖。俺にご教授してくれる余裕を見せながら、道を塞いでいるスケルトン・ナイトを必要最低限の動きで斬り捨てていく。

なるほど、属性系アーツは発動させずに武器にとどめれば、通常攻撃に属性を付加できるのか。これはかなり有用な技術だ。属性系アーツによっては多くの魔力を必要とするものがあるからだ。

特に聖剣技のアーツ《グランドクロス》がそれに当たる。一発が強力な属性攻撃。しかし、一度使うと再度使用できるまで時間がかかる。その不安定さをアーロンは技術できちんと補っている。

あとは俺にできるかどうかだ。剣聖であるアーロンにとっての比較的簡単が、俺にとっての簡単とは限らない。

それは三日間ほどの修行で感じたことだ。端的に言って、アーロンは天才肌だった。俺みたいな凡人との立っている場所の違いをこれでもかと思い知らされたからだ。

特に驚嘆(きょうたん)したのは、目を瞑って攻撃を躱すというもの。アーロンの中ではできて当たり前だったようだ。真顔で君もできるだろうって言われて、俺は真顔で返したものさ……

「そんな心眼は持っていません」ってさ。

まあ、もしかしたら俺だってフル飢餓状態に陥ったら、身体能力ブーストでできるかもしれないけど、リスクが高すぎる。

切り崩されたスケルトン・ナイトの隙間を通り抜けて、俺たちは真っ直ぐに城を目がけて、走っていく。

まだ遠くにそびえ立つ城に、死の先駆者の冠を持つリッチ・ロードがいるという。これだけ、外で戦闘を繰り返せば、気づかれて当然だろう。なら、何か仕掛けてくるかと思ったら、そんなことはなかった。

ひたすら、スケルトン・ナイトとスケルトン・アーチャーが俺たちをあの手この手で襲ってくるだけ。拍子抜けになりながら俺はその道中、スケルトン・ナイトから敏捷強化（小）スキルを奪うために1匹だけ倒した。これで、城下で回収したいスキルはもうない。

ここまで見てきた街並みは、ある時を境にすべてが止まったような印象を受けた。それほど戦闘の爪痕が少なかったからだ。これだけ大きな都市なら武人もかなりの人数がいたはず。それなのに、街の保存状態を見ると大した抵抗もできなかったようにみえる。

おそらく圧倒的な何かによって、住民たちごと為す術もなく蹂躙されてしまったのだろう。

それをやってのけたリッチ・ロードは俺たちが見上げる、この城の中にいるってわけだ。

城の門は、都市の大門と同じように破壊されていた。必要最低限の破壊にとどめるリッチ・ロードの戦い方に、人間と似た知性を感じられた。

「アーロン、聞いていいですか？」

「どうした」

「リッチ・ロードって、人間と同じくらい頭が良いですか？」

「そう言われている。儂の留守を狙って都市を攻め落としてみせたしな……。フェイトよ、儂が教えた対人戦が、ここで活かせるだろう」

アーロンは、リッチ・ロードを冠魔物ではなく、人間と思って戦えという。力でゴリ押しさせてくれそうにないか。駆け引き、心理戦を仕掛けてくるかもしれない冠魔物――リッチ・ロード。ガリアに行く前に、更なる戦闘経験を積んでおきたい俺にとってはもってこいの敵だ。

暴食スキルも未だに満たされていない。それはきっと目の前に迫った城の中から漂ってくる美味そうな魂の匂いに、暴食スキルが興奮しっぱなしだからだ。俺の中で、早く喰わせろ、早く喰わせろと呻いている。ここまで惹きつけられるのは初めてかもしれない。うっかり気を緩めると、フル飢餓状態に移行してしまいそうだ。

城の門を俺とアーロンが通ると、後ろから追いかけていたスケルトン・ナイトが急に立ち止まった。そして、悔しそうに門の前でウロウロして、俺たちの様子を窺い続ける。

「どうやら、門からこちら側はリッチ・ロードのテリトリーらしい。他の魔物は恐れて中へ入れないみたいだな」

「なるほど、たしかに門の内側は、スケルトンが1匹もいませんね」

「儂が以前来た時と、様子が全く違う。警戒を怠るな」

俺たちは中庭を駆け抜けながら、城の中へ入れそうな場所を探していく。

それにしても、恐ろしいくらいに静かだな。

第20話　浄化の光

さらに奥へ進んでいくと、中庭の扉が開かれていた。どうする……誘われているように見えて仕方ない。

「フェイト、ここから中に入ろう」

「しかし……」

果たしてこのまま進んでいいものか。不安を拭いきれない、この嫌な予感。

そんな俺にアーロンは肩に手を置いてきて、言ってくる。

「君も感じているはずだ。リッチ・ロードはあの先にいる。回り道をしようが、結局は変わらん」

「……わかりました」

行くしかない……よな。願わくは何事もなくリッチ・ロードの下まで行きたいものだ。

アーロンだってわかっている。頬から流れる汗はきっと以前ここへ来た時の記憶を呼び覚ましているのだろう。

「では、いくぞ」

「はい」

これは⁉

俺とアーロンが城の中へ入った途端、部屋という部屋すべてに明かりが灯される。

そして俺たちが立つ先にある中央ホールでは、たくさんの人々が笑顔で手を振っていた。

「バカな……こんなことが……ありえない」

目を見開いて、アーロンは構えていた聖剣を下ろしてしまう。彼はやっと絞り出すように声を出して俺に説明してくれる。それは前回とは趣向を変えた演出。

以前ここへ来た時は、リッチ・ロードは領民たち、家族の死体を操り人形のように使って、攻撃をさせないようにしただけだった。

しかし、今回はまるで生きているかのように振る舞う人々がそこにいた。

その中から二人が前に出てくる。身なりの良い男の子と若い女性は嬉しそうにアーロンに語りかける。

「父さん⁉」

「あなた、おかえりなさい。ずっと待っていましたよ」

アーロンの顔が一層こわばりだす。俺が横から声をかけても、全く反応しない。ただ、死んだはずの二人の家族を見つめるだけだ。

どういうことだ……そう思っていると、黒剣グリードが《読心》スキルを通して言ってくる。

『まずいぞ……おそらく、これは幻覚魔法だ。それで物言わぬ死者を生きているように見せている』

「なら、このくだらない幻想を黒鎌で祓えばいい」

俺は黒剣から黒鎌へ変えようとするが、

『待て、フェイト！　それで一体どこを斬るというんだ。あの領民たちを斬っても無駄だ。魔法を発動している本体――リッチ・ロードを斬らないと無効化できないぞ』

黒剣を俺は握りしめる。黒鎌はスキルの事象を断てる。しかし、それは直接的なスキル限定。間接的に影響を受けた事象には干渉できない。あの人達に黒鎌で攻撃を仕掛けても状況は何も変わらないということだ。

それに、死体となっている人たちだからといって斬り捨てられない。

アーロンがここへ来た意味は、家族や領民たちをリッチ・ロードから解放するためだ。だから、リッチ・ロードを倒すために、本来の目的を失ってしまっては本末転倒だ。

俺は操られている人たちを見ながら、ずっと気になっていたことをグリードに聞いてみる。

「なあ、もしあの人達を俺が倒したらどうなる？」

『そうだな、まだ魂はあの体に残っているようだから、暴食スキルに喰われるだろうさ。どうした、急に？』

「……知りたいのはその先、喰われた魂はどうなるんだ。成仏できるのか？」

グリードは俺が何を聞きたいのか、察しがついたようだ。彼らしくなく、バツが悪そうに教えてくれる。

『知らないほうがいいと思っていたが……やはり気になるか。いいだろう、そう思ったなら頃合いかもしれん。暴食スキルに喰われた魂は、永遠にスキルの中で生き続ける。そして他の魂と一緒に押し込められて、かき混ぜられながらの無間（むげん）地獄だ。そこに一切の救いなどない』

薄々は感じていたことだ。だけど、予想していた以上の答えが返ってきたものだから、胸くそ悪くなりそうだ。暴食スキル……大罪スキルとはよく言ったものだ。もし、これまでに誤って善良な人たちを巻き添えにしていたら、気分はこんなものじゃなかっただろう。

なら、俺はあの人たちを倒してはならない。死者となってリッチ・ロードに操られて、さらに俺に喰われて、救いのない地獄に叩き落とすなんてことは絶対にダメだ。

本体――リッチ・ロードはどこにいる……美味そうな匂いはこの中央ホールに充満していて、正確な位置がわからない。おそらく、俺にも幻覚魔法が効いているからだろう。

チッ……苛立ちで思わず舌打ちをしてしまう。どうする……どうすればいい。

そんな俺とは別に、アーロンは近づいてくる家族に未だ囚われている。

彼が一番、この状況が偽りだとわかっているはずだ。それでも、最も望んでいたものが目の前に現れてしまえば、完全に否定するのは難しい。俺だってもし父親や母親が現れたら、アーロンと同じになってしまうだろう。

その気持ちはよく分かる。だけど今は、

「アーロンっ！」

俺は目を覚まさせるために、詰め寄って胸ぐらをつかもうとするが、その前にアーロンが首を振った。完全に幻覚魔法に囚われてはいなかったのだ。

「大丈夫だ。しばしの間、あの懐かしい日々を思い出していただけだ」

アーロンは頭を掻きながら、歳を取ると思い出にすがってしまうので困ったものだなんて言う。そして、大切な家族へ向けて聖剣を構えた。

「今まで来られなくてすまなかった。今、楽にしてやる」

すると、あれだけ盛大に照らされていた明かりは瞬く間に消えていく。城の中も、綺麗に装飾されていたはずだったのに荒れ果て、ボロボロに腐食していく。これが本来の城の姿だったのだ。

俺たちに笑顔を向けていた領民たちは憎しみに満ち溢れた顔で、手には鍬や斧、ナタなどを持っている。

そして、アーロンの妻の手にはロッド。息子の手には聖剣が握られていた。

「父さん、酷いよ。王都の仕事、仕事、仕事で……魔物に襲われている僕たちを見捨てたくせに。今更やってきて、僕たちを殺すなんて酷いよ」

「あなた、考え直して！　私たちはほら、まだ生きているんですよ。そんな恐ろしいことはやめて、私たちの仲間になりましょう。聖騎士のあなたがいてくれるなら、もう安心だわ。さあ、こっちに来てください」

後ろに控える領民たちも同じように、アーロンを叱責しながらも、元領主へ助けを求めるように訴え始める。

それでも、アーロンは聖剣を下ろすことはなかった。

「フェイト、すまんが……儂の家族や領民たちは任せてくれないか」

「わかりました。俺はリッチ・ロードを探します。この場にいるのは確かなんです」

「では、始めよう」

「はい」

アーロンは大きく息を吸い込むと、家族へ向けて走り出す。俺も黒剣から黒弓に変えながら、領民たちを迂回するように中央ホールの奥へ。アーロンが抑えてくれているうちにリッチ・ロードを探すのだ。

聖剣と聖剣がぶつかり合う音がホールの中で響き渡る。そして、背中の後ろからアーロンの声が聞こえてくる。

「強くなったな。儂の言いつけを守って、鍛錬を怠らなかったか」

彼の息子は何も答えず、剣戟の音だけの虚しい会話だった。こんなことは一刻も早く終わらせるべきだ。

俺は群がる領民たちを押し飛ばしながら、奥へ奥へと進んでいく。

ん？　暴食スキルが一段と疼き始める。視線の先には、よく見ると僅かながら空間の歪みのようなものが、

「グリード！　あそこか!?」

『ああ、おそらくな。暴食スキルの求める先を狙って、穿て！　だが、身を任せるなよ、呑まれるぞ』

わかってるって、グリードは何気に心配症だな。

俺は邪魔をされないように、迫り来る領民たちの波を避けながら飛び上がって、黒弓を引く。魔力によって精製された魔矢に土属性を付加し――石化の魔矢を放つ。

「当たれぇぇっ！」

放った魔矢は不可視の空間へと飛び込んで消えていく。

ギャアアアアァァァァァア。

骨が軋むような声と共に、石化した大きな骨の腕が床に落ちてくる。

それと同時に、黒い瘴気を帯びたリッチ・ロードが大鎌を振りかざしながら姿を現した。

すかさず、《鑑定》スキルを発動。

【死の先駆者】
リッチ・ロード　Lv100
体　力：3640000
筋　力：2560000
魔　力：4565000
精　神：4346000

敏　捷：2347000
スキル：幻覚魔法、魔力強化（大）、精神強化（大）

魔力と精神が400万超えか……。喰らったら、どうなってしまうんだ。俺はまだ100万超えのステータスを持つ魔物を喰らった経験がない。暴食スキルを抑え込む訓練はずっとしてきたが、いけるのか？　また、ハート家の領地で喰らった【慟哭を呼ぶ者】を思い出す。あの時は、喰い慣れない良質な魂によって、暴食スキルが暴走しかけたんだ。

くそっ、この期に及んで迷っている暇はないのに。

『ここで迷うやつがあるかっ！　俺様が保証してやる、今のお前なら大丈夫だ。そんなことより、さっさと修行の成果を俺様に見せてみろっ！』

「……ああ、やってやるよ。驚いても知らないぞ」

『ハッハッハ、その意気だ。そうあってもらわなければ、面白くない』

また幻覚魔法で姿を消されたら堪ったものではない。ステータスの敏捷をフルに発揮して、壁際まで下がっているリッチ・ロードへ詰め寄る。

黒弓から黒剣へ形を変えて、アーロンから教わった剣術をここで試してやる。

リッチ・ロードは踏み込んで大鎌を構えている。体の重心から見て、あれは誘いの一撃だろう。なら、その誘いに乗ってやるさ。

俺は迷うことなく、リッチ・ロードの懐を目指す。体格は俺よりも二倍半ほどある。中に入れば、取り回しの利かない大鎌では俺の黒剣を受けられないだろう。

それはリッチ・ロードだってわかっているはず。きっと間合いを取りながら戦う選択をする。

しかし、こうやって中に入れば、どうすることも出来まい。

『やるじゃないか、フェイト』

「俺だっていつまでも、初心者じゃいられない」

『そうだな、やっちまえ』

俺はリッチ・ロードから繰り出された甘い初撃を黒剣で受け流しながら、最後に斬り飛ばしてやったのだ。その結果、不意をつかれたリッチ・ロードは、大鎌を持った右腕に引っ張られて大きく体勢を崩してしまう。

俺は悠々と懐へ潜り込めたわけだ。さあ、右腕を貰う。

ギャアアアアァァァァ。

聞き飽きた声が、またしても中央ホールに響き渡る。そして大鎌が床に落ちる金属音。

しかし両腕を失ってもなお、リッチ・ロードは諦めを知らない。

俺の後ろにいた領民たちを物のように扱って、俺に襲いかからせる。

チッ、魔物だけに倫理とかそういったものが全くない。無理に動かしたものだから、反動で数人の領民の手足がもげてしまっている。

俺は彼らに攻撃できない。もし、暴食スキルが働いてしまえば、彼らの魂を喰らってしまうからだ。くそったれ。

後ろに飛び退く俺を見たリッチ・ロードが骨を歪ませて笑ったように感じた。そして、自分の周りに領民たちを壁のように積み重ねてみせたのだ。

「俺が領民たちに攻撃できないのがバレた」

『マズいな。どうする、フェイト？　領民たちを気にすることなく戦うか？』

「それはできない。喰らった魂は無間地獄行きなんだろう」

『ああ、だが綺麗事ばかりでは生きてはいけないぞ』

そうかもしれない。だけど、今は俺一人で戦っているわけではない。

後ろから近づいてくる足音に俺は安心感を覚えていた。

「待たせたな、フェイト」

力強い声に振り向けば、両手に聖剣を持ったアーロンがいた。

「家族や他の領民たちは……」

「手足の腱を斬って、身動きが取れないようにしておいた」

この状況下でそんな芸当をやってしまえるのか……恐れ入った。

そして、アーロンは俺が置かれている状況を見て、顔を歪ませる。追い詰められたリッチ・ロードが領民たちを使って肉壁を作り出しているからだ。

「また、これか……必死というわけか」

急に鋭い目つきになったアーロンは息子から奪った聖剣を床に刺して、残ったもう一つの聖剣に魔力を込めていく。

これは、聖剣技アーツ《グランドクロス》だ。

「アーロン⁉」

「良いのだ。儂がもっと早くこうしておれば、これほど苦戦を強いられることはなかった」

その様子に焦りだしたリッチ・ロードが幻覚魔法を使って、領民たちに助けを求める言葉を喋らせてくる。それでも、アーロンは止まらない。

リッチ・ロードを中心にグランドクロスを発動させる。聖なる白い光に城は大きく軋み出す。死して尚操られていた領民たちは浄化されて、光の中へ消えていく。

残ったのはリッチ・ロードただ1匹。しかし、魔力と精神が400万超えというステータスによって、アーロンのグランドクロスに耐え忍ぼうとしている。

そうさせないように魔力を込めるアーロンだが、顔色が悪い。脇腹を見ると血が滲んでいた。

やはり、あれだけの人数に対して、手足の腱を斬って無力化するなどという荒業には代償があったようだ。

俺は床に刺された聖剣を見つめる。すると、黒剣グリードが《読心》スキルを介して言っている。

『今回、一回だけだぞ。その聖剣を使って手伝ってやれ』

俺が他の武器を使うことに怒り狂うグリードが、今回だけは許してくれるようだ。

なら、お言葉に甘えさせてもらおう。聖剣を床から引き抜き、グランドクロスを発動中のアーロンの聖剣に重ねる。

俺の行動にアーロンが驚きつつ声をかけてくる。

「フェイト、何をする気だ？」

「俺も手伝います」

初めて使う、聖剣技アーツ《グランドクロス》。俺が魔力を聖剣に注ぎ込むと、剣身は白く輝き始める。

「おお、これは……」

「終わらせましょう」

「ふむ、そうだな」

俺たちはさらに力のすべてを注ぎ込むため、同時に声を張り上げる。

「「グランドクロスっ！」」

城は聖なる光に包まれて、何もかも真っ白になっていく。

第21話　新たな可能性

光が収まると、ボロボロに崩れ落ちていくリッチ・ロードがいた。

戦いは決した。俺とアーロンで放った二重のグランドクロスが、ステータスで格上であるリッチ・ロードの魔力抵抗を突破して、致命的なダメージを与えたのだ。

そのことでリッチ・ロードに束縛されていた死者たちが次々と解放され始める。体はとうの昔に限界に達していたらしく、アーロンが身動きが取れないようにしておいた死者たちが土塊(つちくれ)に還ろうとしている。ならば、急がないといけない。

「アーロン、早く。家族のもとへ」

「……ああ」

どこか強張った表情のアーロンを促して、彼の家族がいる後ろ方向へと引き返す。

そこにはアーロンの奥さんと息子が折り重なるように床に寝かされていた。崩壊はすでに始まっており、足先から土塊に還ろうとしている。

アーロンが側まで近づくと、二人がゆっくり瞳を開ける。

まだ、操られているのか……俺は黒剣を握って、警戒する。しかし違った、瞳に精気が宿っている。

俺たちを襲ってきた人形のような目ではない。

「父さん……」

「あなた……ごめんなさい」

その言葉を聞いたアーロンは聖剣を投げ捨て、床に膝をついて今にも崩れそうな二人の手をそっと握る。

これは一体……。とうの昔にアーロンの家族は死んだはずなのにどうして？　俺の疑問を黒剣グリードが《読心》スキルを通して教えてくれる。

『死体には魂がまだ残っていると言っただろう。リッチ・ロードから解放された反動で、一時的に自由が利くようになったのだ。まあ、残された時間はほんの僅かだろうがな』

「そうか……」

この時間が本当に良いことなのかどうかは俺にはわからない。もしかしたら、アーロンの心の傷を更にえぐっていくかもしれないからだ。でも、きっとアーロンにとっては、ずっと望んでいた時間だったはず。

俺はアーロンと奥さんと息子をただ見守る。

「すみません……父さん。都市を、城を守れませんでした。挙句の果てに、殺された後もリッチ・ロードに操られて……父さんに剣を向けてしまいました」

「もういいのだ。儂こそ、すまなかった。もっと側にいるべきだった。本当にすまない」

そんなアーロンに奥さんが手を重ねてくる。

「あなたは悪くありません。どうしようもなかったことです。それに、こうやって私たちを救ってくれたじゃないですか。だから私たちのためにも、これからも剣聖としてあなたの信じることをなさってください」

「父さん、僕たちはもう大丈夫だから……」

家族は少しずつ少しずつ崩れて落ちていく。握っていた手すらも、もう握り返すことなどできないほどに……もう時間はない。

一筋の涙を流したアーロンは、だからこそ微笑みながら家族に答えてみせる。

「儂に残された時間をかけて、皆に恥じぬように生きてみせよう。……儂も、もう大丈夫だ」

その答えに奥さんと息子は嬉しそうに笑い、そしてすべてが土塊になって床に崩れ落ちていった。

残されたのは青白い二つの小さな光の玉。フワフワと宙を舞って、アーロンの周りを漂っている。

「グリード、あれはなんだ？」

『魂だろ、たまに強い思いが篭った魂は可視になる。それほどあの家族はアーロンを大事に思っているのさ』

「大事な最期の別れか……」

『そういうわけだな。だがしかし』

グリードが言いたいことはよく分かる。ある程度時間が経っても、暴食スキルが発動していないとなれば、リッチ・ロードはまだ生きている。本当にしぶといやつだ。

後ろを振り向けば、そいつは静かに床を這いずって、俺たちの方へと近づこうとしていた。

「アーロンの邪魔をさせるつもりはない」

俺は黒剣を黒弓へと形を変えて、残った魔力で魔矢を生成していく。そして、さらに土属性を加えて石化の魔矢へ。狙うは、リッチ・ロードの眉間だ。

「お前はそこで一生、固まっていろっ」

放った魔矢は寸分違わず、狙った場所に命中する。すると、一気に鏃を中心として石化が始まり、声を上げる暇さえも与えない。

《暴食スキルが発動します》

《ステータスに体力＋3640000、筋力＋2560000、魔力＋4565000、精神＋4346000、敏捷＋2347000が加算されます》

《スキルに幻覚魔法、魔力強化（大）、精神強化（大）が追加されます》

醜悪な顔をしたリッチ・ロードの石像が出来上がってしまった。これでは、もし売りに出しても呪われそうで買い手がつきそうにないほどだ。全く……最後まで酷い敵だった。

そして、恒例となっている冠魔物を倒した時に襲ってくる暴食スキルの歓喜。俺の体を支配しようと暴れ出す。リッチ・ロードの魂はとても美味だったらしく、それは今まで倒した冠魔物の比ではない。

「くっ……うぅぅ」

黒弓から黒剣に戻したグリードを握りしめて、意識が流されないようにただひたすら精神を集中する。

少しして歓喜の波は収まり、俺は暴食スキルに呑まれることなく、やり過ごしてみせる。これまでの暴食スキルへの耐久訓練が役に立ってきたみたいだ。

ちょっとは自信がついたけど、完全には程遠い。無理やり我慢したので、両目からは血の涙が流れてしまった。

黒剣を鏡のように使って、顔に付いた血を拭い、両目の色を確認する。うん、以前は片目が赤色になっていたけど、今は両方とも黒目で暴食スキルの飢えは収まっている。

一息つきながらアーロンの方を見れば、彼の周りに漂っていた魂はゆっくりと消えていくところだった。それをアーロンは名残惜しそうに見つめている。

「先に行って待っていてくれ。儂もやるべきことを成したら、そちらに行く」

その言葉を聞いて安心したのか、二つの魂は闇の中へと消えていった。この城に残ったのは、俺とアーロンだけ。先程までの戦いが嘘のように、静まり返っている。

アーロンは俺を見据えると、困った顔をして口を開いた。

「すまんが、もう少し手伝ってもらえるか」

「何をする気ですか?」

「大掃除だ。この都市に巣食う魔物を一掃する。約束したからな、もう一度やり直すと」

アーロンは、この都市を復興する気なのだ。そしてまず手始めに、邪魔になる魔物を退治するわけだ。これは徹夜になるかな……いやこの都市の規模だ。もう一日かかるかもしれない。

でも、やってやるさ。師匠の頼みだ、弟子としては断る理由はない。

「やりましょう。まだ、戦い足りなかったんです」

「ほう、よく言うじゃないか。なら、先峰は任せようか」

「いいですよ。アーロンは横腹を怪我しているので、無理しないでくださいね」

「ハハッハッ、これくらいかすり傷だ」

タフな爺さんだ。この世界には俺の知る限り、魔法で怪我を治す方法は存在しない。だから、無理をしないでほしいのだけど……。今のアーロンに言っても聞かないだろう。ここは自動回復スキルを持っている俺が頑張るしかない。

「ではちょっと休憩してから、大掃除ということで」

「いや、今すぐだ」

「えええええぇぇっ!?」

本当にタフだな……老い先短いってのは絶対に嘘だ。そんなことを思っていると、急にアーロンが声を上げる。

「どうしたんですか？」

「フフフッハハッハッ……こんなこともあるのか、恐れ入った」

笑い出すアーロン。理由がさっぱりわからず、困惑する俺に彼は言う。

「どうやら、儂はまだ伸びしろがあるらしい。限界突破して、レベルが上がっておるわ」

「マジですか……」

「まだまだ成長中というわけだ」

歳を取って肉体が衰えてくると、魔物をいくら倒してもレベルが上がらなくなる。また は、各個人によって持って生まれたレベル上限があり、それを越えてレベルアップができ ないようになっている。

しかし、その枠を越えてレベルアップすることを限界突破と呼ぶ。アーロンの説明では、 これが起こった場合、現状のレベルの10倍まで伸びしろが広がるらしい。伝承でも限界突 破した武人は数えるほどしかいないという。

実例が乏しいのでアーロンとしても、なぜこのようなことが自分の身に起こったのかは わからないようだ。

「強いて言うなら、フェイトと共闘したことがきっかけになっているのかもしれない。君 の持つ何かに誘発されたという可能性だな」

「何かですか……」

そう言われて思い当たるのは暴食スキルしかない。これが原因で、共闘したアーロンに 影響を与えて限界突破させてしまったのだろうか。アーロン以外と共闘したことがないの で推測の域を出ないが。

そんな俺にグリードが《読心》スキルを通して言っている。

『神の理を破りしスキルを持つ者と一緒に戦えば、何かしらの影響が出る……場合がある。誰も彼もというわけではない。大罪スキル保持者が心を許している者だけだ。そのことが良くも悪くも相手に影響を与えてしまう。大概はレベル上限の限界突破という形で現れる』

「そういうことは早く教えろよ」

『別に悪いことではないからな。伝承で残っているという限界突破した者も、大罪スキル保持者と何らかの関係を持っていたのだろう』

俺とグリードがゴチャゴチャと言い合っていると、当のアーロンは無邪気に限界突破したことを喜んでいるようで、

「フェイトよ、何を独り言を言っている？　さあ、始めるぞ、スケルトン共をこの都市から一掃する。ついでにレベルアップだ」

「ノリノリですね」

「この歳になって、楽しみがたくさん増えたからな。では、行くぞ」

城を飛び出していくアーロンを慌てて追いかけながら、ある懸案事項を口にする。

「アーロン、一つ問題があります！」

「なんだ？」

「スケルトン狩りで村への帰りが遅れると、マインがきっと怒ります」

「なるほど……なら、こうしよう。村の護衛の報酬を金貨50枚だったのを100枚にしようじゃないか。あの子は、お金に目がないようだから、これできっと満足するはずだ」

さすがはアーロンだ。ほんの少ししか会話をしていないのに、マインがお金に弱いことをよく理解している。金貨100枚も渡せば、マインは喜んで帰りが遅れたことを許してくれるだろう。ほくほく顔でお金を受け取っている姿が目に浮かぶ。

なら、思う存分に戦える。俺はリッチ・ロードから得た新たなステータスをフルに発揮して、前を走るアーロンを抜き去ってみせる。

「俺が先峰だったはずですよ。たまには老人らしく若者に頼ってください」

「確かにそうだったな。だが、今は久しぶりに暴れまわりたい気分なのだ」

「それなら……」

「「競争だっ！」」

俺とアーロンは奪い合うように魔物を狩っていく。この分だと予定より早く終わってしまうかもしれない。死が支配する都市を奪還してやり直すのだ。

第22話　取り戻した尊厳

都市ハウゼンから、魔物がいなくなりつつあった。あともう少し……だ。

南、東、北にいたスケルトンたちは制圧完了。残るは都市の西区のみ。ただいま戦闘の真っ只中だ。

俺とアーロンはここへ来るまでに、１０００匹をゆうに超えるスケルトンを狩っているので、膨大なヘイトを溜め込んでいる。

未だかつて、これほどの魔物を連続して休みなく狩ったことがないので、俺にとっては未知の領域だ。

「アーロン、スケルトンたちが、砂糖を求める蟻のように俺たちに次から次へと群がってきますね」

「そうだろう。普通はこのような連続狩りは大変危険でやってはならない。しかし、今は君がいるから問題ない」

アーロンが聖属性を宿した聖剣で、飛びかかってくる5匹のスケルトン・ナイトをまとめてぶった斬りながら、言ってのける。うん、俺がいなくてもいいような……そんな戦いぶりなんだけど。

本当に元気だな。

俺たちはリッチ・ロードを倒してから、不眠不休でかれこれ15時間くらい戦い続けているのだ。いや違う、あの日の高さから見て、もう夕暮れだから18時間くらいか？　時間の感覚がわからないくらいスケルトンたちを狩っている。きっと、このまま寝れば、夢の中までスケルトンが現れてしまうだろう。そして、案外グルメな暴食スキルがいい加減にしろとばかりに蠢いていたりする。

「フェイト、あとはこの先にいるスケルトンたちを倒せば、終わりだ。いけるか？」

「もちろんです」

俺は黒剣を素早く黒弓に変えて、降り注ぐ弓の雨を躱しながら放つ。もちろん、石化の魔矢だ。

魔弓の扱いも、この戦いで飛躍的に上達していくのを俺自身が感じられるほどだ。アーロンから教わった戦い方の基礎が、俺の力を底上げしているのだ。

そして、目の前にお手本となる人が戦っており、見ているだけでとても参考になる。これを見取り稽古(げいこ)というのだろうか。試しに見よう見真似でアーロンの動きを再現してみよう。

飛んでくる矢雨を、ジャンプして体をひねりながら躱しつつ、空中で魔矢を放ってみる。多少狙いははずれてしまうが、必中の魔矢なので勝手に補正されてスケルトン・アーチャーの脳天に突き刺さった。

《暴食スキルが発動します》

《ステータスに体力＋１２９０、筋力＋１４４０、魔力＋１１１０、精神＋１２３０、敏捷＋７７０が加算されます》

おおっ、これは使える。無機質な声を聞きながら、手応えを感じた。

回避と攻撃を同時にする戦い方。今まで俺は回避、攻撃と別々に考えていたけど、こんなこともできるのか。本当にアーロンと一緒にいると新たな発見ばかりだ。

これが最後だから、アーロンの戦い方を目に焼き付ける。どうやって、無駄なく攻撃を仕掛けるのか。どの程度の範囲で敵を意識して戦っているのか。

俺は自分の戦いをこなしながら、可能な限りアーロンから戦闘技術を盗もうと心掛ける。

この後、アーロンと別れてしまえば、俺はまた自問自答の戦いが続くからだ。手に握るグリードは武器なので、戦闘技術を俺に教授できないし。マインはあの性格なので俺に武人の何たるかは教えてくれないだろう。

　きっと俺にとって、アーロンが最初で最後の師匠なのだ。

「スケルトン・アーチャーをすべて倒しました。後は、目の前にいるスケルトン・ナイトを倒して、すべて終わりです」

「そうか……長い時間、付き合ってくれたこと……礼を言う。ありがとう」

　アーロンは横目で俺に向けて笑みをこぼすと、聖剣に発動をとどめていたアーツ《グランドクロス》を解放する。

「さあ、終わりだ」

　スケルトン・ナイトが犇めく地面に聖なる光が刻まれていく。これでもかと込められた魔力によって、スケルトン・ナイトたちは浄化されていった。辺り一面が輝き、照らしていた光が収まると、都市は音一つなく静まり返る。残った光といったら、天に煌めく星の海だけだ。

「すっかり夜になってしまったようだな。儂のせいで出立を遅らせてしまったか、すまないな」

「いいえ、俺の方こそ勉強になりました。ありがとうございます！」

「ハッハッハ、儂は大したことを君に教えたつもりはない。それにフェイトなら、もう儂が教える必要はないだろう」

「えええぇっ、早いですよ！」

驚く俺に、アーロンは諭すように続ける。

「所詮は剣術。いくら形を取り繕っても、意味がない。要は君がそれを受け止めて、どう昇華するかだ。そして、フェイトは儂の想像以上に教えた剣術の基礎を取り込み、自分の物としてみせた」

「俺はまだまだです……やっと戦い方とは何か、見えてきたところです」

まさか剣聖にそんなことを言われるとは思ってもみなかった。なんだか、急に突き放されたような感覚だ。

そんな俺の頭に左手を置いて、優しい眼差しを向けてくる。

「いいや、もう十分だ。その武器は剣以外にも形が変わるのだろう。なら、儂が剣術のみを教え込んでしまえば、君のあるべき形が偏って歪んでしまう。それは避けたいのだ。だからこそ、思うままに振るうといい。儂はその先に君らしい戦いの形があると信じる」

そうか……そうだよな。今のグリードの形状は、片手剣、魔弓、大鎌の三つ。だけど、この先で更なる形状が解放されていくことだろう。なのに、一つの武器に固執するのは間違っている。

俺が目指すべき形は、

「この武器のすべての形状を一つと捉える。ということですか？」

「そういうことだ。それは儂には教えることはできん。なんせ、儂はこれでも剣聖だから剣しか知らんのだ」

アーロンはそう言うと、俺の頭から手を離す。

彼と出会って戦いとは何か、なんてわかった気分になっていただけで、道は途方もなく遠そうだ。まあ、それだけ黒剣グリードがすごい武器ってことになるわけだけど、本人には言わないでおこう。だって、すぐに調子に乗るからさ。

『呼んだか？』

「……呼んでないって！」

『そうか……呼ばれた気がしたんだがな』

急に《読心》スキルを通して、グリードが話しかけてくるものだから、ビックリしたじゃないか。グリードって何気に勘がいいような気がする。

そんなことをしていると、アーロンが聖剣を鞘に納めて城へと引き返しだす。

「さあ、城にある金貨を持って、村に帰ろう。さすがにこれ以上遅れるのはまずいだろう？」

「確かに！　マインがカンカンに怒ってそうです」

「ならば、急ごう」

俺たちは、何もいなくなった大通りを駆け抜ける。いつかはここが人々の賑わいに溢れた場所に戻ってほしい、そう願ってやまない。

＊

城の宝物庫から、金貨を取り出して村に戻ってくると、マインはやはり怒っていた。忌避されるくらい赤い瞳をさらに赤く染め上げてただいま爆発中だ。

「昨日帰ってくるって言ったはず！　なのに一日遅れて帰ってくるとは、どういうことかな!?」

「その……リッチ・ロードを倒した勢いで、都市にいる魔物すべてを倒そうって話になって……」

「儂が誘ったのだ。申し訳ない」

「約束も守れないとは、お前たちは子供かっ！」

見た目が圧倒的に年下のマインに言われてしまっては、なんというかやるせない気持ちになってしまう。アーロンなんか、いつもの凜々しい顔が崩れて、弱り果てている。まあ、あの時のアーロンは俺から見ても、はっちゃけているように見えた。おそらく、彼はマインに言われたことによって、今までの自分を思い返して恥ずかしくなってしまったのかもしれない。

反省しているアーロンに、俺は奥の手を出すように促す。

「アーロン、早くあれを」

「おお、そうだった。マイン、これを。儂が留守にしていた間、村を守ってもらったお礼だ」

「うん……おおおぉおぉ!!」

金貨が入ったずっしりと重い袋を軽々と受け取り、喜び出すマイン。予定では金貨50枚だったのを100枚に増やしたのだ。まさかのサプライズにマインは怒るのも忘れて、袋を開けたり閉めたりして「おおおぉおぉ」と言って繰り返している。

「なんとか、なりましたね」

「うむ、現金な子で助かったな。さて、今日は食事を摂ったらすぐに寝るとしようか。実はかなりくたくたなのだ」

「俺もですよ」

食事は村の人がすでに用意してくれているらしく、アーロンの家の中からはいい匂いが漂ってきていた。

マインが俺とアーロンが魔物退治に出かけたのを村人たちに話してくれていたらしく、それなら自分たちもアーロンのために何かしようという話になったという。それで魔物を倒して帰ってくる俺たちのために、食事を用意してくれたみたいだ。昨日帰ってくるはずが、いつまで待っても帰ってこないので、村人たちはかなり心配していたとマインが教えてくれた。

今は夜も遅いので村人たちは自分の家に帰ってしまっているという。明日の朝になったら、アーロンが村人たちに生還したことを伝える運びになった。

「さて、家の中へ入ろうか」

俺は横で金貨の袋を持ってほくほく顔をしているマインの手を引いて、家の中へ入っていく。それから、食事を腹一杯食べて、泥のように寝るのだった。マインが俺の腹を枕にして眠ろうとしているけど、振り払う気力すら残ってはいないほどだ。

別れの朝、修理が終わった馬車の前で、俺たちはアーロンと村人たちに見送られることになった。

この村に流れ込んでくる魔物の大半は都市ハウゼンからだったので、アーロンに手を貸した俺の功績はとても大きく、村人から何度もお礼を言われる始末だ。マインもアーロンが不在の間、魔物を30匹くらい倒したそうで、そのことについても村人たちから感謝されている最中だ。

そんな中、アーロンは神妙な顔つきで俺に声をかけてくる。

「フェイトよ。もし、ガリアに行ってやるべきことを終えたら、ここへ戻ってこい。大事な話がある」

「大事な話？」

「ああ、とてもな。その時が来たら、話す。だから、必ず生きて戻ってこい」

そして、ゴツゴツとした大きな手を俺に差し出す。

「また会おう、フェイト」

「はい、また」

俺はその力強い手を握り返しながら、アーロンに頷く。

もし、ガリアで生き残れたら、彼に会いに行こう。だって、まだアーロンとは四日あまりしか一緒にいなかったのだ。もっと話したいことがある。

マインがいつまでも握手を交わしている俺たちを見かねて、言ってくる。

「フェイト、そろそろ行くよ」

「ああ、わかった。では、アーロン、皆さん。お世話になりました」

　馬車に乗り込み、俺は窓から顔を出す。そして遠ざかる彼らに手を振って別れを惜しんだ。

　アーロンたちは魔物から解放した都市ハウゼンの復興をしていくのだという。きっと、活気のある都市になることだろう。ガリアに行った後のことを全く考えていなかった俺に、その先の楽しみができてしまった。

第23話　マインの依頼

　俺たちを乗せた馬車は、ガリアへ向けて着々と進んでいった。今、休憩を取っている都市を過ぎれば、この先はガリアの国境線を守る防衛都市のみとなる。つまり、そこが俺の目指すべき場所だ。おそらく防衛都市にロキシー様が率いる軍が駐留することになる。

「いままで、ありがとうございました」

「こちらこそ、いい稼ぎをさせてもらいました。申し訳ない……ここから先は危険すぎて、馬車を走らせることができなくて」

「いえいえ、ここまで来られたら十分です」

　馬車を操って俺たちをここまで連れてきてくれた中年男に礼を言う。彼に約束の金貨15枚を渡してお別れすることになった。

　武人ではない彼をこれ以上、一緒に行動させるわけにもいかない。彼が言うには、防衛都市に向けて武人を送迎する軍の馬車が、定期的に出ているらしい。それに乗れば、しっかりと護衛された上で防衛都市に行けるという。

馬車の男はこれから、故郷へ帰省する武人を探して見つかり次第、この都市から離れると言っていた。それほど、長居したくない場所なのだろう。

「マイン、行くよ」

「わかった」

俺たちがいる都市は後方支援のために作られており、たくさんの物資が毎日搬入されては、前線に向けて送られていく。それに伴い、武人たちも多くいて、王都付近では考えられないほどに溢れ返っている。魔物目当てに集まってきているようだ。

ここでは魔物討伐依頼が山のようにあり、いくらでも稼げる。さらに他の場所よりも報酬が多い。まさに腕の良い武人にとって天国のような場所だ。しかしながら、スタンピードと呼ばれる魔物が大群となって襲ってくることが多々あるため、いつも危険と隣り合わせでもある。

スタンピードには二種類、小規模と大規模がある。

王都から派遣された聖騎士が率いる軍の管轄となるのが、大規模スタンピード――俗に言うデスパレードだ。魔物の数は数万匹の規模に上り、ただの武人パーティーではあっという間に呑み込まれてしまう。

もう一つの小規模スタンピードは少ないと言っても数百匹もいる。だから凄腕の武人たちが数百人ほど集まって巨大なパーティーを結成して立ち向かったりしている。その巨大パーティーを指揮しているのは、昔に王都で聖騎士を務めていた人だったりするようだ。元聖騎士――王都での過酷な出世争いに敗れて、ここへ流れついた人たちだ。もしかしたら、彼らは名を揚げて再び王都へ返り咲くのを夢見ているのかもしれない。

「フェイト、どこへいくの？」

「まずは腹ごしらえさ。誰かさんが、俺の保存食を勝手に食べちゃうから」

「ふ〜ん、そっか」

犯人であるマインは全く反省をしていないようだ。それどころか、お前の物は私の物理論が発動しているように見える。

まあ、いいさ。もう慣れたものだ。俺的にはマインが怒らなかったら、それでいい。グリードの言いつけを守って、極力マインを怒らせないようにしている。

グリードがここまで注意を促してくるのは珍しいので、俺は素直に従うことにしたのだ。たしか管理された都市で不埒な聖騎士に軽くキレて、彼方にぶっ飛ばしたことがあったな……。軽くであれだから、本気で怒った時はどうなってしまうのか……考えたくもない。

「何やっているの？　早く行くよ」

「ちょっと、勝手に店に入らないで」

マインを追いかけて、店の中に入る。おおっ⁉　この匂いは……肉だ！　ジュルリ、思わず涎が出てしまうほどの良い匂い。

店内は焼けた肉の匂いで充満しており、この匂いだけでパン十個は食べられそう。お金には余裕があるし、最近は保存食ばかりだったのでたまには贅沢もいいだろう。どこか空いた席はないか、探してみるものの満席でどこも座れそうにない。

う～ん、席は武人と思われる人たちが占領しており、食事を終えた後もテーブルで談笑していたりする。退いてくれるとありがたいんだけど。

そんなことを思いながら突っ立っていると、マインが俺から離れていく。そして、食後の会話を楽しんでいる武人たちの前で止まった。

「食べ終わったなら、退いて。待っている人の邪魔になる」

平坦な声で、彼らに言ってのけたのだ。あっ、俺はなんとなくこの先の展開が予想できるぞ。たぶん、酷いことが起きる。

俺は巻き添えを食らいたくないので、後ろでそっと見守ることにした。

退けと言われた武人たちは明らかに苛立っている。その中で一番の年長者が、マインを追い払うように手を振る。

「あっちに行け、目障りだ。ガキに用はない。俺たちに相手をしてほしかったら、そのぺったんこな胸……」

それは言ってはならぬぞ。俺の脳内にあるマイン取扱説明書の二ページ目くらいに書いてある。しかも、ガキ扱いだけでもヤバイのに、ぺったんこ発言とはこの命知らずの荒くれ者たちめ。どうなっても知らないぞ。

案の定、あれだけ楽しかった空間が一瞬にして凍りついた。

あああぁぁ……うああぁぁぁ、あれは痛い。これも、とても痛そうだ。ああっ、やめてあげて、それはそっちに曲がらないようにできているから。えっ、嘘……そこまでしちゃうの。まずい、まずいって、いやあぁぁぁ。見ている俺ですらヒヤヒヤさせられてしまう。

やはり、ぺったんこ発言はとても危険な言葉だった。これは、マイン取扱説明書に新たな一ページが刻まれそうだ。

俺の横にはマインに楯突いた勇敢な八人の武人が、白目を剥いて積み上がっている。口からは白い泡を吹いて、うわ言のように幼女怖いと繰り返している。彼らに一生消えることのないトラウマを植え付けてしまったようだ。

マインの実力を計れたら、こんなことにならなかったのにな。幼くて可愛い見た目に騙されるからだ。

　この惨状を引き起こした彼女はちゃっかりと空いた席に座って、店員に注文をしようとしていた。店員のお姉さんがビクビクしながら、マインの注文を聞いている。あんなに足を震わせて、可哀想に……。

　あっけにとられる俺にマインは手招きしてくる。このタイミングで呼ばれたくないな。俺まで店内の人たちに恐れられてしまうじゃないか。

「フェイト、早く。ここに座る」

「はいはい、あれっ⁉　俺はまだ注文してないんだけど」

　俺が座る前に、店員のお姉さんはテーブルを片付けて逃げるようにカウンターの方へ行ってしまった。

　えっ、暴食スキル保持者に断食させるとは、これはもう拷問ですね。何か怒らせることをやってしまったかなと思っていると、

「お揃いにしておいた。私、やさしい」

　忌避されるほどの赤目で同意を求められてしまう。自分の好きなものを頼みたかったけど、折角彼女が気を使ってくれたのだ。

　それにしても気の使い方が強引だな……一応、礼を言っておくべきか。

「ありがとう。うん、マインは優しいな」

「うっ…………」

あれ？　褒めたら顔を背けられたぞ。案外、マインは人から褒められることに慣れていないのかもしれない。考えてみれば、俺の知る限り彼女は傍若無人（ぼうじゃくぶじん）に振る舞っているのだ。恐れられても、褒められるわけがない。

俺に対しては同じ大罪スキル保持者ということで、他と比べてほんのりと優しくしてくれているのだろう。

照れるマインの様子を窺っていると、注文していた品がやってきた。大きなお皿にどでかい肉が一枚。

ん？　俺の肉は……どこ？　泣きそうな俺にマインは言ってくる。

「これを二人で分け合う」

「へぇ、そういうことか。なんでまた、こんなことを？」

いつもなら、別々に注文をするのだ。なのに今回に限って一緒の物を分け合うなんて珍しい。

二人で仲良く食べたいからなのか？　マインも一般的な考えを持っているみたいだ。ちょっと安心したなんて思っていると、

「これは戦い前の儀式みたいなもの。仲間と共に同じものを食べて、戦いに行く。昔から

やってきたこと」

「ふ〜ん………えっ、今なんて言った？」

「これを一緒に食べて、強敵と戦う。私への借りを返してもらう」

くっそ、マインは優しいなんて言っていたことは前言撤回だ。そういえば、出会った時に言っていたな。ガリアに行くついでに手伝ってと。

それを果たすときがきたのだ。防衛都市まであと少しという所まで来て、マインが強敵とまで言ってしまう相手と戦うハメになるとは……。

不安はあるけど、大罪スキル保持者との共闘には、前々から興味があった。まあ、どちらにしてもこれは強制だ、逃げられない。

俺はマインが切り分けてくれた柔らかそうな肉を頬張る。それは、戦いへの同意を意味するのだそうだ。

第24話　緑の亜人

俺はマインに借りを返すために、食事を終えると都市を出るため南外門へ向けて歩く。

その道中、露店が幾つもあり、金回りの良い防衛都市だけあって、食料から装飾品まで至れり尽くせりの品揃えだ。

これからガリアに踏み込んでいくために食料はしっかりと買い溜めておくべきだろう。そう思って、俺が旅の定番になった干し肉や乾燥したフルーツなどを見繕っていると、なぜかマインも同じものを買うではないか。今まで俺の食料を横取りするだけだったのに、もしかしたら今日は雨が降るかもしれないぞ。

「どうしたんだよ？　マインらしくない」

「それは心外。私だってガリア内に入るならちゃんと準備くらいはする。あそこはここは全く違う世界だから」

違う世界か……マインほどの武人が言うのだから、まず本当のことなのだろう。なら、もうちょっと多めに買っておくかな。でもたくさん買いすぎると、かさばってしまって魔物との戦いに支障が出てしまうおそれがあるし。

ここは熟練の武人であるマインを参考にして買い物をさせてもらおうかな。

「結構買うんだね」

「うん、あそこは無駄に広いから、補給が難しい。だからたくさん買う。いざとなったら荷物は置いて戦えばいい」

「置いておいて大丈夫？　魔物に取られない？」

「取られる前に倒す」

「マインらしいね」

「えっへん！」

ほんのりと得意げな顔をして、お姉さんぶるマイン。どうやら、褒められるのは大好きみたいだ。マインを更に褒めまくって、僅かな表情の変化を楽しんでいると、ふと隣の露店に並んでいる宝石に目が入る。

赤や黄、緑に青……そして最後の青い宝石に目を奪われる。

この宝石は忘れもしない。俺が王都でいつもお世話になっているお礼として、ロキシー様にプレゼントした宝石と同じものだったからだ。

思わず、並んでいるそれを手に取って見入ってしまう。

ロキシー様はまだあの青い宝石が埋め込まれたペンダントを持ってくれているだろうか。もしそうだったら、嬉しいな。

彼女は今どうしているのだろうか。ここまでに立ち寄った都市での情報収集で、俺の方がガリアへは先行しているようなので、ロキシー様が率いる軍の状況を調べるすべはない。

しっかりしているロキシー様だ。俺なんかが心配するまでもなく、順調にガリアへ向かっているはずだ。だから俺は俺のできることに集中しよう。もっともっと強くなる。

それが今できる最善のはずだから。俺は手にしていた青く透き通った宝石をそっと露店の棚に戻した。

露店で買い物を済ませた俺とマインは外門を出て、徒歩で南下していく。

「なあ、目的地はどこなんだ？」

荒れた大地が地平線の先まで続いている。おそらく、このまま進めば国境線を越えてガリア内に入ってしまうかもしれない。嫌な予感がした俺はマインにどこへ行く気か聞いてみるが、無視されてしまった。

日は暮れ始めて、辺りは薄暗くなっていく。それでもまだマインの歩みは止まらない。

ふと、東の方角を見ると、遠くで黄色い光を放つ場所が目に入る。おそらく、あそこが防衛都市だ。ガリアから溢れ出てくる魔物を食い止める最前線の拠点。ロキシー様が三年間駐留する場所でもある。

早くあそこへ行きたい。そう思っているとマインに肘打ちを食らわされてしまう。横腹が地味に痛い。

「他のことを考えない。意識を集中して」

「ああ、ごめん」

「あそこから先がガリア。気を引き締める」

マインが指差した先には明確なラインなどない。だけど、戦いによって大地に亀裂が走っていたり、陥没していたりしているので、なんとなくあそこからガリアなんだろうなとは予想はしていた。

俺はマインの後について、ガリアに初めて踏み込む。

ん⁉　これは……空気が変わった⁉

肌寒さを感じる。さらに血腥(ちなまぐさ)くて、仄かに死臭が漂ってくるぞ。

たったの一歩、踏み込んだだけなのにこの違いはなんだ⁉

試しに引き返すと、さっきまでの清々しい空気だ。一呼吸をおいて、また中へ入る。あ、やっぱり全然違う。

見えない膜のような何かで、ガリアと王国が仕切られているようだ。こっちと向こうで世界自体が違うとまで言ってもいいくらいだ。

「行くよ、フェイト」

俺が出だしでもたついていたものだから、マインが促すように声をかけてきた。

返事をして、先に進もうとするが、

「くっ、うぅぅうっ……」

くっそ……こんな時に暴食スキルが疼き出したのだ。今まで抑え込む訓練を繰り返してきたはずなのになんで急に？　そんな俺にグリードが《読心》スキルを通して語りかけてくる。

『フェイト、原因はあれだ。遥か南方の空を見ろ！』

「あれって……もしかして」

『そうだ。天竜だ』

沈みゆく陽の光を浴びながら、巨大な雲と見間違えるほどの白き竜が優雅に空を駆けている。

でかすぎる……なんて大きさだ。あんなに離れているのに大きさを感じ取れるということは、目の前にすれば俺なんか麦粒以下だろう。

鑑定スキルを使って天竜の強さを調べたいけど、これほど距離があっては有効範囲外だ。地面に膝をついてしまっていた俺に、マインが手を差し伸べる。

「大丈夫？」

「だいぶ良くなったよ」

天竜が地平線の向こう側へ消えていくのと時を同じくして、暴食スキルの疼きが収まっていく。

それにしても、暴食スキルがこれほどまでに天竜に惹かれてしまうとは思ってもみなかった。このスキルは強ければ強いほど、喰いたいと欲する習性があるらしい。本当に困ったものだ。

額から流れた汗を拭っていると、マインが俺に忠告してくる。

「フェイトに天竜クラスはまだ早い。見るだけで、この有様ならもう答えは出ている」

「ハハッハッ……返す言葉もないな」

本当にそう思う。天竜は話に聞いていたよりも遥かに大きく、信じられないほど強そうだ。さすが、生きた天災と呼ばれているだけはある。いざとなったら、あれに立ち向かわなければいけないけど、果たしてどこまでやれるか……今の俺には全く思い描けない。

俺は《鑑定》スキルで自分のステータスを確認する。

フェイト・グラファイト　Ｌｖ１
体　力：１２２５６１０１
筋　力：１１２３４６０１
魔　力：１２３１２２０１
精　神：１１２８４４０１
敏　捷：１３３７８００１
スキル：暴食、鑑定、読心、隠蔽、暗視、格闘、狙撃、聖剣技、片手剣技、両手剣技、弓技、炎弾魔法、砂塵魔法、幻覚魔法、筋力強化（小）、筋力強化（中）、筋力強化（大）、体力強化（小）、体力強化（中）、魔力強化（大）、精神強化（中）、精神強化（大）、敏捷強化（小）、敏捷強化（中）、自動回復、炎耐性

これでまだ天竜には足元にも及ばないのだ。一体、どれくらい強くなればいいのか、まるで見当がつかない。

天竜が姿を消していった方角を呆然として見つめていると、マインがポツリと言う。

「Eの領域。フェイトはまずそこを目指すべき」

「Eの領域？」

なんだそれは？　と首をひねる俺にグリードが舌打ちをする。

『余計なことを……それこそ、まだ早い』

「グリード、どういうことなんだ？」

『俺様は知らんっ』

またかよ！　だんまりを決め込むグリード。俺としてはぜひ知りたいことなのに、なんで教えてくれないんだよっ！　黒剣から手を離して、ため息をつく俺にマインが言う。

「天竜はその領域にいる。フェイトも暴食スキルを使って、そこまで一気に駆け上がることは可能。だけど、今のフェイトでは必ず暴食スキルに呑まれて自我を保てなくなる」

「戦う前に暴走してしまうってこと？」

「うん、そう」

マインは軽く言ってのけたけど、グリードの反応からしても本当のことのようだ。

今の俺ではそのEの領域とやらには到達できない。つまり、天竜とは戦えないという。

「今はってことは時間をかければ、俺でもEの領域に行けるってこと？」

「う〜ん、フェイトなら十年くらいで届くと思う」

おいおい、気の長い話だな。それに十年もかけるわけにはいかない。天竜がいつ国境線を越えて、ロキシー様に襲い掛かってくるかわからないのだ。

そのときは、後戻りできない覚悟が必要になるだろう。

マインはさらに続ける。

「あと一つ、天竜は倒さない方がいい。それは王国のためでもある。あれはガリアで増殖する魔物を間引くのに一役買っている。いなくなれば、信じられないほど魔物が王国に流れ込んでくるようになる。だから、私も天竜には手を出してこなかった」

「そんな……」

もし覚悟を決めてEの領域に踏み込んでも、天竜を倒してはいけないのならどうしたらいいんだ。八方塞がりの俺は思わず黒剣グリードを握りしめる。

『今から気にしてどうする？　ここまで来たのならやるべきことは一つだろ。しかたない、俺様もいざとなったら協力してやる』

「……グリード」

『まずはマインの件だ。さっさと済ませるぞ』

「ああ、そうだな」

考えても答えが出ないことで悩んで立ち止まっていても何も始まらない。俺はマインと共に、ガリア内を進んでいく。

＊

荒れ果てた大地を奥へ奥へと歩き続ける。空はすっかり闇に包まれて、雲の隙間から僅かに星が瞬（またた）いている。

一体どこまで行くつもりなのだろうか。俺はバッグから取り出した干し肉をかじりながら、前を歩くマインを見つめる。

重そうな黒斧を肩に載せて、軽快に進んでいく彼女。あの身のこなし、アーロンから戦闘基礎を教授されたからわかる。無駄がなく、いつでも戦闘態勢に移行できるように歩いている。だからといって、神経を張り詰めていなくて自然体である。まさに理想形。

そんなマインが急に立ち止まり、黒斧を手に取る。

「フェイト、敵が来た。小規模スタンピード」

「えっ、どこ？」

《暗視》スキルを持っている俺でも把握しきれない遠くの魔物を感知した彼女は、南東の方角を指差す。ん？　まだ見えないいんだけど……いわゆる気配察知というやつか。

しばらくして、土埃を巻き上げながら、豚の顔をした緑色の魔物が二足歩行で姿を現す。数はおよそ200匹くらいだ。ゴブリンとは違って、体付きはがっしりとして筋肉質だ。背丈も高くて俺の1．5倍ほどはある。まだ、あれを調べるための鑑定スキルの有効範囲に入ってもいない。

「マイン、あれは回避できないの？」

「できない、目的地はあの先にある。邪魔をされたくないから、すべて倒して進む」

「わかったよ。そろそろ、腹が減ってきていたところだし」

黒剣グリードを引き抜く俺に、マインは言う。

「あの豚野郎は、ガリアでもっとも多くいる魔物でオークという。手に持った、岩から削り出したネイチャーウェポンを使って攻撃してくる。頭がいいから、対人戦と同じように戦ったほうがいい」

「連携して襲ってくるってこと？」

「そう、アーロンから教わったことを忘れていなければ、フェイトでも問題なく戦える」

あの200匹のオークは軍でたとえるなら、一個中隊みたいなものか。近づいてくるオークの手にはネイチャーウェポン。すべて同じ形状ではなく、盾や弓、剣、槍、杖まで様々だ。

オーク個々に役割分担をしているようだ。マインが言ったように、人間と同じように戦う必要がある。たとえステータス上で俺のほうが大きく上回っていたとしても、何かの策にはめられて集団で攻撃されてはひとたまりもない。

オーク中隊は俺たちを把握しているようで、一定の距離をとって停止する。そして奥に控える、他のオークとは肌色が違う青オークが声を荒らげた。

それを合図として、矢と魔法が一斉に放たれたのだ。

「ちょっ⁉」

俺は慌てて、黒剣から黒鎌に変える。降り注ぐ矢を躱しながら、大鎌で炎の玉を斬り裂く。おそらく、オークが放った魔法は炎弾魔法。炎耐性スキルを持っていてもできれば当たりたくない。

次々と休みなく放たれる矢と魔法に俺はたじたじになる。近づけねぇぞ。

まさか、こうやって攻撃を続けて俺の体力が底をつくのを待っているのか？　持久戦に持ち込まれたらヤバそうだ。

初めての統率が取れた魔物に押されていると、ため息が聞こえてきた。

「まったく……この程度で動けなくなっている。先が思いやられる」

「そんなこと言ったって、じゃあどうすれば」

マインだって、矢と魔法を躱している。同じじゃないかと言おうと思ったとき、

「えっ、うあぁぁぁぁ」

突然マインが黒斧で地面を大きく削り取ったのだ。深くえぐられた大地は、大量の土埃となって上空へと駆け上がっていく。視界が完全に失われた。やべ〜！　なんてことをしてくれたんだ⁉

オークが放った矢と魔法が見えなくなり、いきなり土埃から飛び出して俺を襲う。

一瞬でも躱し遅れたら当たるぞ、これ。そんな俺の手をマインが引っ張って、横に移動していく。

「そんなところに突っ立っていたら、せっかく見えないようにした意味がない。回り込んで、オークたちの横腹を突く」

「なるほど、隠れる場所がないなら作ればいいのか！　さすがマイン！」

「それほどでもない……ない」

マインは少し照れながら、俺の手を離した。

なら、俺もやってやる。黒剣へと形状を戻して、地面を力一杯斬り上げる。マインが上げた土埃の柱の隣にもう1本の柱が現れる。完全に俺たちを見失ったオークたちが動揺する声が聞こえてくる。さあ、反撃の始まりだ。

第25話　黒斧の舞い

緑の軍が混乱している隙に、俺たちは土埃を最大限に利用して、陣の右翼から崩していく。

俺だってマインに負けてはいられない。黒剣グリードを中段に構えて、オークの群れに突っ込む。乱戦となれば、弓矢や魔法は仲間を巻き添えにしてしまうおそれがあるので使いにくい。

知能の高いオークなら、人間と同じように弓矢と魔法を控えるはずだ。思惑通りに後衛職は後退して剣と盾、槍を持ったオークたちが俺の行く手を阻む。

こんな奴らは、アーロンに比べたら赤子も同然だ。俺は立ち止まることなく、黒剣を振り払いながら駆け抜ける。ざっと32匹は倒しただろう。

《暴食スキルが発動します》

《ステータスに総計で体力+１５６８００、筋力+１５３６００、魔力+１２１６００、

精神＋128000、敏捷＋121600が加算されます》

《スキルに槍技、魔力強化（小）、魔力強化（中）、精神強化（小）が追加されます》

スキルは重複が多いため、予想していたよりも少ない。しかし、ステータスに関しては結構美味しい魔物だ。大体1匹倒すごとに4000ほど取り込める。

暴食スキルも豚肉うめぇとばかりに、上機嫌に感じられる。ゴブリンを狩っていた時とは大違いだ。こんなまずいものを喰わせるなとばかりに俺の中で暴れていたものだ。

まあ、オークはゴブリンに比べて、ステータスが百倍くらいは違うので当たり前か。

ここは素直に満たされるべきだろう。マインが言った強敵との戦いへ、万全を期すのだ。

俺は一心不乱に黒剣を右から左へ、または左から右へと忙しなく操り、オークたちを屠っていく。

頭の中で無機質な声を聞きながら、70匹目を片付ける。オークの一個中隊は200匹くらいだったか。マインと半分ずつ分け合って戦うなら、ノルマはあと30匹ほどか。

さて、マインの方はどうなったんだろう。なんて思っていると、夜空から無数のオークたちが降ってきた。すべて事切れている。今日の天気はオークの雨……なんてことはありえない！

マインが戦っている場所を見ると、わあぉ、これは記憶にある戦い方だ。以前、偉そうな聖騎士が絡んできたとき、そいつを黒斧で天高くぶち上げたのと全く同じだ。

マインが振るう黒斧に当たれば、天空に退場。そして、あの世行き。

派手な戦い方だな。しかし、豪快でありながら、立ち回りには無駄が一切ない。最小限の移動で、次々と打ち上げている。見ていて非常に気持ちがいい。まるで踊りでも舞っているようだ。

俺もできるだろうか。真似をしながらやってみるが、

『ブッハハハッ！　下手くそダンス』

「笑うな、グリード。これからさ、こんな感じかな」

『酷いな……全くもって酷いぞ。お前にはアーロンに教わった戦い方があるだろ。マインがやっているあれは生まれ持った天賦の才というやつだ。いくら、真似しようとしてもできるものではない』

なにそれ、天賦の才って……かっこよすぎなんだけど。俺もそれ欲しい！　まあ、生まれ持ったものなので、すでに答えは出てしまっているけど。

俺は襲ってくるオークを片付けながら、マインの動きを観察する。

う〜ん、なんというか彼女は頭で考えて戦っているようには見えない。意識する前に体が勝手に動いている感じだ。

意識する前に体が先に動くか……。ここらへんは鍛錬を積めば、いけそうな感じがする。

やっぱり、強い武人の戦いは参考になる。そんな俺の視線に気がついたマインは、鼻で笑ってみせる。そしてオークを1匹、俺に向けて飛ばしてきた。

危うくぶつかるところだった。

おそらく、よそ見ばかりしていないで、早く倒してしまえと言いたいのだろう。

へいへい、戦いますよ。ちょっとくらい、見てもいいじゃないか。だって、マインがまともに戦う姿は初めて目にしたからさ。と思っていたら、もう3匹オークが飛んできた。

よしっ、頑張ろう。じゃないと、次は10匹くらいが飛んできそうだ。さすがにその数だと被弾してしまう。

張り切って残ったオークを血祭りに上げていく。こいつら倒すごとにブヒィィィという のでかなり耳障りだったりする。せっせと狩っていたおかげで、残りは中隊を指揮していた青い肌のオークを残すのみになった。

どれどれ、せっかくだから《鑑定》しておこう。ブヒィィィっと。

ハイオーク・リーダー　Lv45

体　力：２０３４００

筋　力：２１７５００
魔　力：１７５３００
精　神：１５４３００
敏　捷：１６８４００
スキル：剛力、筋力強化（大）、体力強化（大）

これはなかなかのステータス。冠魔物でなく、これで通常魔物枠なのか。
やはりガリアは他の地域よりも、魔物のランクが違う。
気になるスキルの剛力を《鑑定》してみる。

剛力：一定時間、筋力を二倍にする。使用後、反動で筋力が十分の一に弱体化する。
回復まで一日かかる。

ステータス強化系スキルみたいだ。一時的だけど、筋力を倍加できるのはかなり使えそうだ。リスクとして筋力が十分の一に弱体化してしまうのが一日続くのが痛いな。それでも切り札みたいにしたら、いざという時に役に立つスキルだと思う。

それではいただきます。俺は部下がいなくなっても戦意を失わないハイオーク・リーダーに斬りかかろうとするが、

「ブヒィィィ」

横からやってきたマインに横取りされてしまう。黒斧によって空の彼方へと飛ばされていくハイオーク・リーダー。あれはどう見てもご臨終だ。

「ちょっと、マイン。俺に喰わせてよ。剛力が欲しかったのに……」

「オークなんて、ガリアではたくさんいる。それに私から見れば、剛力スキルなんて、ゴミスキル」

「一時的に筋力が二倍になるんだよ」

「それだけなのにリスクある。やっぱりゴミスキル」

おいおい、筋力が二倍になるのに使えないと言い切ったぞ。

未だに剛力スキルを惜しむ俺の横で、マインが一息つくために黒斧を地面に置いた。

すると、大きな音を立てて地面が陥没した。

あれ⁉　あの黒斧ってあんなに重くなるのか？　たしかに黒斧は重さが変わることを知っていたけど、あそこまで重くなるなんて俺の予想を超えていた。

マインは黒斧を撫でながら、呟く。

「いい感じ。スロースはいい子。もっと溜めていこう」

溜めるか……重さかな。絶対にそうだ。

なんて思っていると、マインが横に座るように手招きしてくる。

「フェイト、休憩するよ。早く、ここに来る」

「えっ、俺はまだ疲れていないよ」

「戦いの後は必ず、休む。これは大事なこと！」

「ちょっと、うあああぁぁぁ」

無理やり手を掴まれて、地面へ。グヘッ……地味に痛い。

「はあぁぁ、マインはいつも強引だな」

「それほどでもない」

「いや、別に褒めてはないからね」

「あら、それは残念」

「本当にそう思ってる？」

「全然」

うん、これだよ。相変わらず、掴みどころがない性格をしている。

二人で地面に座って、しばらく星空を眺める。会話らしい会話はなくなり、ただ聞こえるのは虫が鳴く声だけ。

　さて、マインはここからどこまで行くつもりなのだろうか。休憩が終わり、立ち上がる彼女は黒斧を手にとって、俺に言う。

「もう、そんなに遠くない。あれが動いていないなら」

「あれって？」

「あれはあれ」

　何だそりゃ!?　知っていそうなグリードにも聞いてみる。

「マインが言っているあれってなに？」

『フッ、あれはあれだ』

　お前もかよ。絶対に俺で遊んでいるだろ、真面目に答えろよ！

　まあいいさ、そこへ行けば自ずとわかるってわけだろ。なら、さっさとあれってやつのところに行こうじゃないか。

　俺たちはガリアの奥へと進んでいく。

第26話　忘却の村

あれから何度かオークたちと戦闘を繰り返して、たどり着いたのは荒廃した村だった。ほとんど原形を留めていない家の土台だけが残り、後は瓦礫のみが積み上がっている。それも、長年の風化によって土の山のように見えてしまうほどだ。

ここにマインが言う強敵がいるのか？　そうは見えないけど。

先を歩く彼女は、振り向いて俺に話しかける。

「ここは私の生まれ故郷だったところ。生まれてすぐに帝都に連れて行かれたから、ここでの思い出はない。でも、私にとっては大事な場所」

「へぇ……マインの生まれ故郷なのか」

ん!?　おかしくないか？　この村は廃棄されて数千年単位くらい、時が過ぎているように見える。それにガリアが滅んだのはたしか四千年くらい前の出来事だったはず。

マインの言った通りなら、この村が機能していた頃から彼女は生きていた。

つまり、マインの歳は四千歳を超えていることになってしまう。

嘘だろ……だって、見た目は幼い少女なのに。

そういえば、アーロンとの会話の時に、「死ぬことが許されない亡霊」と言っていたっけ。長生きをしているとは予想していたけど、まさか四千年以上だとは思ってもみなかった。

桁が違い過ぎる。なら、俺はまだしも、アーロンまで子供扱いするはずだ。

四千年もか……。俺は十六年ほど生きてきた。それでも思い返してみれば、ここまで来るのは長かったように感じてしまう。マインはその二百倍以上の時間を過ごしてきたのか。気が遠くなるほどの長い時間世界を生きてきたなら、細かい部分なんていちいち覚えていないのも納得できる。

そしてグリードとマインは知り合いだという。なら、グリードも四千年ほど前から存在していたことになる。

グリードはマインを昔からの腐れ縁だと言っていたし、取り戻せないことを今も諦められないとも言っていたっけ。

きっとそれが、マインを四千年にも亘って、衝き動かしていた原動力なのだろう。まあ、その一端が彼女に付いて行くことでわかるかもしれない。もし、それが大罪スキル絡みなら、俺も他人事ではなくなる。

「マイン、この村に倒すべきものがいるの？」

「うん、それは私と相性が悪い。だから、フェイトの力が必要」

「それって、どんなやつなの？　こんなに呑気に歩いていて大丈夫？」

「問題ない。どんなやつなのかは、実際に見ればわかる」

どうやら、向こうから襲い掛かってくるタイプの敵ではないようだ。

俺は黒剣グリードにずっと手をかけていたけど杞憂だった。

それにしても、この場所には魔物が1匹もいない。恐ろしいほど、静かだ。

荒廃した村の中央は、集団墓地だった。風化で傷んだ幾つもの墓標が並び立つ。

そして、その中に異様な大きさの真っ白な繭が鎮座していた。

なんだ、あれは魔物なのか⁉　近づいても大丈夫なのか⁉　黒剣グリードを思わず、引き抜く俺。

グリードの苦々しい声が《読心》スキルを通して聞こえてくる。

『チッ、まだこんなものが生きていたのか……クソッタレがっ』

「グリード、これは何なんだ？」

『機天使だ。大昔のガリアで、帝都防衛で試験運用されていたものだ。すべて機能停止させたはずだった』

「もしかして、これって古代兵器ってやつかな？」

『察しが良いな。これはガリアの軍用生物兵器だな。大量の魔物を継ぎ接ぎして作られている。そして俺様に言わせれば、これは最悪の失敗作だ』

失敗作⁉　嫌な響きだ。

ここで見ている感じだと、繭の中で大人しくしているようだから、このままそっとしておくほうが良いんじゃないかな。俺は横目でマインを見つめる。

「これを倒す。フェイト、準備はいい？」

あああぁぁぁ、やっぱりこれを倒す気なのか。

それにしてもデカイな……俺の身長の十倍くらいはあるぞ。しかも、繭に包まれて中身が見えないときている。

これほどの大物の相手をするのは初めてなので、戦い方が全く見えてこない。

苦笑いをする俺にマインが言ってくる。

「これはまだ幼体。フェイトのステータスで戦える。問題は肉体を倒しても、魂がある限り死なないこと。これを倒すためには暴食スキルの力が必要」

「倒した敵の魂を喰らう力が？」

「そう、大罪スキルの中でもっとも神を否定する罪深い力」

俺は別に神様にけんかを売っている気はないのだけどさ。

暴食スキルは持って生まれてきただけだ。まあ、そのおかげで世界に、神様に見放されて、魔物を倒しても経験値(スフィア)が貰えずにレベルアップができずにいる。

だから、強くなるために俺は暴食スキルに頼りっぱなしだ。といっても、暴食スキルは俺の言うことは聞いてくれない。

隙があれば、俺さえも呑み込もうとしてくるとんでもないスキルだ。

ちょっと待てよ、大罪スキルの中でもっとも罪深いと言っていたよな。

「暴食スキルって大罪スキルの中で一番強いの？」

「そう。唯一、理論上は神の定めたレベルという概念を突破できるスキル。でも、その前に保持者の精神が持たずに暴食スキルに呑み込まれてしまう」

「それは現在進行形だから、俺自身がよくわかっている。憤怒は大罪の中で序列何位なの？」

「憤怒は第四位。上に色欲と強欲がいる。だけど、暴食が突出しているだけで、後は大体横並び」

マインは強欲と言った時に、ちらりと黒剣グリードを見ていた。

それに対して、グリードが鼻を鳴らす。

『大罪武器は使用者に依存する。序列など意味がない』

「もしかして、それって俺にかかっているって言いたいのか？」

『当たり前だ。俺様を活かすも殺すもフェイト次第だ。さっさと、俺様を次の位階へと解放しろ！』

それが簡単に出来たら苦労はしない。あのリッチ・ロードを倒したときでも位階を解放できなかったのだ。あれでまだ足りないなんて、お前が強欲すぎるのだ。

まあ、ステータスだけではなく、使用者の精神強度も影響するらしいから、俺の心がまだ未熟だとも言えるんだよな。早く、アーロンみたいになりたいものだ。

ため息をつきながら、白い繭を改めて確認する。戦う前に《鑑定》しておくか。

機天使ハニエル　Lv1
体　力：26000000
筋　力：29000000
魔　力：24000000
精　神：28000000

敏　捷：14000000
スキル：ERROR

強えええぇぇ！　これで幼体なのか。

敏捷を除いて、俺のステータスの倍くらいはあるぞ。

しかも、スキルがERRORになっていて、なぜか読み取れない。

これとまともに正面から戦ったら、返り討ちにあいそうだ。

強敵だ。尻込みをする俺にマインは言う。

「一人で戦うんじゃない。私もいる。フェイトは、オークとの戦いを見て思ったけど、まだ共闘戦に慣れていない。だから、私がフェイトに合わせてあげる」

「それは助かる。あと、機天使のスキルがERRORってなっているけど、これってどういう意味？」

「機天使は依代を核にして魔物を寄せ集めたもの。人工的に無理やりつなげた魔物の不安定なスキルが鑑定スキルできちんと読み取れないだけ、気にしなくてもいい」

いやいや、気になるって。さらっと言ったけど、そこはかなり重要だよ。

ということは、機天使ハニエルは不完全ながら数多のスキルを保持していることになる。

今まで魔物と戦う時は、鑑定スキルで手の内を知った上で戦っていたので安心感があった。けど、今回の機天使ハニエルはそれができない。

格上で、出たとこ勝負の戦いか。

身の内から一気に緊張が高まってくるのを感じる。そんな俺にグリードが《読心》スキルを通して言ってくる。

『今のお前にとって、良い敵だ。ここで躓（つまず）いていては、天竜なんて夢のまた夢。さっさと俺様を構えろ！』

「言われなくたって、わかっているさ」

俺は黒剣グリードを構える。

それを見たマインは、俺の準備が整ったことを理解して、黒斧を振り上げて攻撃を仕掛ける。

重い一撃によって、白い繭に亀裂が走る。まるで卵の殻が砕けていくようだ。

分厚い繭が砕け落ちていく中から、姿を現した機天使。やはり、大きい。

そして、金属製のパイプで無理やり縫合された異形（いぎょう）の姿をしている。部分的に魔物の残滓を感じさせた機天使はすべてが一色だった。

綺麗に何もかも漂白されたような純白だ。その中心――胸のあたりを見た俺は愕然としてしまう。

「なんで……人が⁉」

「あれが機天使の核」

その核にされた白く長い髪を持つ少女は目を見開く。その瞳の色は忌避されるくらい赤く染まっていた。

第27話　障壁の機天使

これが機天使ハニエル。あの目はまるでマインと同じだ。そして、俺が暴食スキルで飢餓状態に陥った時と同じでもある。

考えたくはないが、あれと俺たちはつながっているように感じられた。

「マイン、あの核にされている子は……」

そう言おうとした時、ハニエルの核が俺を見据えた。

途端にものすごい威圧に襲われて、息すらできなくなってしまう。

これは……これも、俺と同じだ。両目が赤く染まると、ステータスが格下の者を蛇に睨まれた蛙のように怯んで動けなくさせる力だ。

おそらく、ハニエルのステータスが俺よりも倍くらい上だからか？

グリードが《読心》スキルを通して、言ってくる。

『さっさと目を逸らせ。これ以上、見続けると奴に怯んで、戦うことすらできなくなるぞ』

くそったれ、敵を前にして目を瞑るなんて思ってもみなかった。

どうする？　核の瞳を直視したら、まともに戦えないのか。

困った……そんな俺にマインは呆れる。

「これくらいの威圧でだらしない。気合を入れる」

「そう言われても……」

試しにちらりとハニエルの核を見てみる。うん、目が合うと体が固まるぜ……。

本当にどうするんだ？

悠長に敵は待ってはくれない。ハニエルが六本の足を使って、動き始める。

「しかたない、フェイトは慣れるまでハニエルの足回りを攻撃。私は一番厄介な核への攻撃をする。だけど、トドメは暴食スキル保持者であるフェイトが刺さないといけない」

「もしかして、その攻撃って……やっぱり」

「そう、核に攻撃しないといけない」

そうだよね。倒すには核を破壊しないといけない。

だけど、核になっているのは小さな女の子なんだ。すんなりと割り切れない俺に、

「あれはもう人ではない。人の皮をかぶった化物。見た目に騙されてはダメ」

「……だけど」

「甘いことを言っていると、死ぬ。フェイト、攻撃が来るっ！」

「なにぃぃ！」

手を動かし始めたハニエルの核が無数の青い炎弾を作り出したのだ。それがハニエルの体の周りを円のように囲み、つながっていく。なんていう熱気だ……大気が揺らいでいる。俺の炎耐性スキルが役に立つとは思えないほどだ。

出来上がったそれを地面に叩きつけたのだ。圧倒的な高熱によって、地面は溶岩となって俺たちに押し寄せてくる。

間接的な魔法攻撃。まずい、黒剣から黒鎌に変えたところで、直接魔法攻撃ではないため、断ち切れない。

俺は津波のように襲ってくる赤い壁に、マインの忠告を反芻する。

核が人の形をしているからなんて、情けをかけている場合ではなかった。向こうは俺たちを殺しにかかっている。そんな相手をどうにかしようなんて、できるほど俺は強くもないのだ。

もう、やるしかない。黒剣から黒弓に変えて、ステータスを贄にしてブラッディターミガンをやるしかない。

そう思っていると、マインが前に出て、黒斧を振り上げる。

「私の後ろへ。フェイトは魔弓で援護。慣れてきたら、一緒に前衛。いい？」

「おっおう、わかった。でも、あれはどう防ぐの？」

「こうする、エイッ」

掛け声は可愛らしい。しかし、振り下ろされた黒斧は苛烈だった。

迫りくる溶岩の壁を衝撃で吹き飛ばしたのだ。さらに後方のハニエルにまで届いて膝をつかせるほどだ。

「さあ、私たちも始めよう。フェイトはハニエルを動けないようにして」

「足を引っ張らないように頑張るさ」

「その意気」

マインは黒斧を片手にハニエルへ接近。そして右腕を押し切る。

叫び声を上げる核。赤い目から薄らと、真っ赤な血が滲み出す。

「くっ……くそっ」

また、思わず核の目を見てしまった。俺は目を逸らして、自分の仕事に移る。

俺に課せられたのはハニエルの足止め。マインが効率よく攻撃をするためのサポートだ。

なら、魔矢に込める魔法は決まっている。

黒弓を引いて、魔矢を精製。そこへ砂塵魔法を付加する。石化の魔矢だ。

あの冠魔物のリッチ・ロードですら、石に変えられたのだ。あの頃より更にステータスが上がっているのなら、足止めくらいの石化はできるはず。

俺はハニエルの足の1本を狙って、土色の魔矢を放つ。

核は苦痛に満ちた顔をして、立ち上がりそうになっていた体をまたしても地面につける。

「よしっ、成功だ」

『まだ、喜ぶのは早いぞ、フェイト』

グリードが《読心》スキルを介して注意を促す。

おいおい、こんなのありかよ。俺はすぐに石化の魔矢を放つハメになる。

先程、石化させたハニエルの足が、もう元に戻ろうとしていたからだ。なんていう、再生能力だ。俺が持っている自動回復スキルとは、次元が違いすぎる。

足だけではない。マインが切り落とした右腕も元通りになろうとしているではないか。

「なんなんだよ……この再生能力は」

『軍用生物兵器だからな。単独で永久に戦闘できるように作られている。あの程度の破損だと、ああやって治ってしまうぞ。お前はマインが致命的な一撃を入れるまでしっかりサポートしろ。その後はフェイト、お前がとどめを刺すんだ』

責任重大だ。タイミングをミスれば、ハニエルはあっという間に再生してしまい、また一からやり直しだ。

いくらマインが強いからといって、彼女に頼ってばかりいると、足を掬われてもまずい。ちゃんと決めないと。

その前に、チャンスをしっかりと作ろう。俺は石化の魔矢を連射していく。

これで足止めは問題ないはず。

「マイン！　いけそう？」

「問題ない」

動けないなら、マインにとっては良い的のようだ。生えてきた右手をまた飛ばして、立て続けに左腕も切り落とす。それにしても、マインの持っている黒斧は攻撃が当たるたびに、威力が増しているように見える。

俺は石化の魔矢でマインの援護をしながら、グリードに聞いてみる。

「マインの黒斧は、攻撃するたびに威力が上がっていく武器なのか？」

『まあ、そんな感じだ。振るえば、振るうほど攻撃力が上がる。そして重さも増える。つまり、攻撃力は天井知らずに伸びていくが、そのかわりどんどん扱いづらくなる』

「ああ、それでか……マインが黒斧を置いた時、地面が大きく陥没したっけ」

オーク戦から攻撃力が上がっていっているのなら、マインが持っている黒斧はとんでもない重さになっているだろう。その証拠に、マインが地面に足をつけると、大きなクレーターが出来ている。

『あの武器――スロースは圧倒的な破壊力を持つが、代償に重さによって使用者の敏捷を大きく損なう』

「見た感じ、マインのスピードは落ちていないように見えるけど」

『いや、少しずつ落ちてきている。なぜ、マインがお前にハニエルの足止めをすることにこだわったかを考えてみろ』

う〜ん、たしかにほんの僅かだけど、遅くなってきているような。

そんな中、マインがハニエルの見せかけの頭部を黒斧で吹き飛ばした。

今まで以上に声を荒らげる核。顔から赤い血をドロドロと流している。

怯んでしまうために直視することはできないが、おそらくあの赤い目から流れているような気がする。

その時突然、空気が一変する。なんだ⁉ この嫌なプレッシャーは⁉

グリードが舌打ちしながら、俺に言う。

『チッ、まずいぞ。勝てないとみて、無理やり成体化する気だ。フェイト、気をつけろ！』

「成体化って⁉　なに⁉」

ハニエルの変化に、あれだけ一方的な戦いをしていたマインが飛び退いて下がる。

そして、俺の横に着地した。重くなった黒斧を持ったマインの影響で思いっきり地面が凹んでしまう。余波で俺がバランスを崩してしまうほどだ。

「フェイト、私の後ろへ。さっきよりも強力な全体攻撃がくる」

どうやら、成体化したハニエルはその力をもって、一気に俺たちを殺そうとしているようだ。

マインはそれを察知して、俺を守るためにわざわざ戦いを中断して来てくれたわけか。

正直、守られてばかりで情けない。これで、共闘といえるだろうか。

それにこの立ち位置は、まさに王都にいた頃の俺だ。ロキシー様の後ろで守られていた時と同じじゃないか。そう思ってしまうと、マインの姿が不意にロキシー様と重なって見えた。

王都を旅立つ彼女を追ってきたのに、こんなことでは……何のためにガリアに来たんだろう。

俺はまだ守られる側なのか？　そしてここへ来るまでに出会った人たちが頭をよぎる。

ランチェスター領で出会った武人たちの助け合う戦い、剣聖アーロンとの共闘、マインの戦いにおける姿勢など……それらを見てきて俺はまだあの時のように、後ろでうずくまって何も出来ずにいるのか⁉

ここで踏み出さなければ、ロキシー様の力になりたいなんて胸を張って言えるだろうか⁉

いや……言えるわけがない、絶対にない。

だから今俺ができる最大限の力を持ってくるんだ。俺もマインと共に前衛で戦える力——暴食スキルをここに。

昔の自分から、このガリアで俺は変わりたい……変わらないといけないんだっ！

今もなお、俺を守ろうとしてくれているマインの肩に手を置いて、振り返る彼女に首を振ってみせる。

そして、黒剣グリードを強く握る。

「グリード、あれを自分から引き出してみる」

『言うと思ったぜ。だが、無理はするな、忘れるな。向こうから来るのと、自分から行くのは全く違うぞ。踏み込み過ぎれば、あっという間に呑み込まれるぞ。絶対に忘れるなっ』

「ああ、わかってるって。俺だって、無駄に今まで暴食スキルと向き合ってきていないってことを見せてやるさ」

こいっ！　俺は暴食スキルに呼びかける。

いつもなら、暴食スキルの飢餓を抑え込むことだけに専念してきた。だけど、今回は逆だ。

俺がハニエルと戦うためには、飢えた暴食スキルの力が必要なのだ。身体能力ブーストを得るために、身の内に潜む飢えた化物をあえて呼び起こす。

体の中で得体の知れないものが蠢くのを感じる。そして、瞬く間に魂を求めて飢え始めた。

……体の感覚が段々と研ぎ澄まされていく。

この先は踏み込んではならない。安定しているギリギリのラインで暴食スキルを抑え込む。……よしっ、成功だ。

そんな俺を見て、マインは驚いた顔をした。

「右目が赤く染まった。自ら半分を暴食スキルに委ねるコントロール……この短期間でよくそこまで」

「俺だって、やる時にはやるさ。いつまでもマインに子供扱いされたくないし」

「おおっ、頼もしい。なら、この戦いに勝ったら大人として認める」

「是が非でも、勝ちに行くさ。一気に行こう！」

自分から暴食スキルを引き出す行為は、時間制限付きだ。抑え込む俺の心が折れる前に、ハニエルを倒して喰らわないと、俺が暴食スキルに呑み込まれてしまう。必ず相手を倒す覚悟がないと使えない荒業だ。

リスクは高いけど、どうしようもない格上とやり合うにはこうするしかない。だって、俺は暴食スキル保持者なのだから、結局は持って生まれた力で戦うしかない。

この力は信じることはできない。その中でうまく共存できるように最善を探し続ける。その答えの一つが自ら飢餓状態を引き出すことだ。

俺は成体化していくハニエルの赤い瞳を見る。恐れはなく、もう体に異変は起こらない。半飢餓状態になった今、ハニエルの威圧に耐える力がある。これなら、マインと一緒に前衛をこなせる。

巨体を覆うように歪な天使の輪を浮かべ、さらに四枚の翼を生やしたハニエルに、黒剣グリードを握って剣先を向ける。核は今もなお、目から赤い血を流していた。

第28話　引き出した力

ハニエルは、翼から無数の羽を周囲にばら撒く。

これは、なんとなくヤバそうな気配がする。マインが白き羽を見ながら言ってくる。

「あれに触れると爆発する。気をつけて」

「すべて躱すのは、骨が折れそうだ」

俺とマインはその中へ、突っ込んでいく。目指すは中心にいるハニエル。

暴食スキルを半分だけ引き出した俺には、身体能力ブーストがかかっている。今なら、あの宙を舞う無数の羽の動き、一つ一つが苦もなく見切れる。

そして、俺のステータスのすべて、いやそれ以上の力を扱える。タイムリミットまでに、ハニエルを喰らってやる。

地面に舞い落ちた羽が大爆発を起こして、大気が荒れ狂う。不規則な風によって、俺の右横から大量の羽が襲ってくる。

丁度いい、あれを利用させてもらおう。

「グリード、いけるか？」

『他愛(たわい)のない。これくらいで俺様に傷など付けられるわけがない。それより、お前は平気か？』

「時間がおしい。いくぞっ！」

無茶は承知の上だ。

俺は黒剣グリードで、白き羽を断ち切る。案の定、大爆発が起こって俺は爆風によって上空へ打ち上げられる。このくらいの火傷なら自動回復スキルで完治可能だ。

羽のない空中で俺は黒剣から黒弓に変えた。

「ここまで来て出し惜しみはしない。俺のステータスの10％を持っていけ」

『いいだろう、貰うぞ。お前の10％を！』

黒弓が禍々しく形を変えていく。肥大化して大罪兵器と化した黒弓グリードをハニエルへと向ける。

魔力によって生成された魔矢に、砂塵魔法を込める。

鬱陶しい羽もハニエルもまとめて、石に変えてやる。羽の群れの中にマインがいるけど、問題ない。この攻撃はグリードによって、完全に制御されている必中の魔矢だ。

たとえ、俺が目を瞑って魔矢を放ったとしても、マインには当たらない。

「いくぞっ、グリード！」

放った石化の《ブラッディターミガン》は稲妻のように鋭く地面へと落ちていく。途中、細かく枝分かれして、無数の羽すべてを撃ち落として、爆発する前に石へと変える。

ハニエルには、主たる本流の魔矢が撃ち付けられた。通常の石化の魔矢ではなく、第二位階の奥義《ブラッディターミガン》から撃ち出された攻撃だ。

威力は凄まじく、巨大なハニエルを呑み込むように石化していく。

俺はそれを空中で見据えながら、マインに言う。

「今だ、マイン！」

言われなくても、わかっているとでも言いたそうなマインは一直線に、ハニエルに接近する。

石化によって一時的に活動を停止しているハニエルは隙だらけだ。

「絶好のチャンス。ここでいく。スロース、解放！」

マインは黒斧を握り振り上げる。それに呼応して、黒斧の形状に変化が始まる。

今まで溜め込んでいた力を解き放つように、刃の部分が大きく鋭くなっていく。さらに黒き光を帯びながら、より一層重くなっているように感じられる。

その異質な力をマインは、石化しているハニエルへと叩き込んだ。

あまりの威力に地面すらえぐりながら、六本の足を含めた下半身すべてを塵も残さずに吹き飛ばす。余波ですら凄まじく、古の村の残骸までも彼方へと送ってしまうほどだ。

「なんていう……威力だよ」

『あれくらいで驚くな。こっちもいくぞ、フェイト！』

「おう」

ハニエルは下半身を失っただけだ。奴の再生能力をもってすれば、また元に戻ってしまう。

弱っているところを一気に叩くしかない。

俺は落下速度を利用して、ハニエルに攻撃を仕掛ける。

黒弓から黒剣に変えようとしているが、

『フェイト、黒鎌へと変えろ！』

俺の動きを察知したハニエルが、迎撃するために青い火球を自身の周りに作り出して攻撃してきたのだ。その攻撃は俺だけではなく、すぐ側まで迫っていたマインにも及んでいる。

俺は黒鎌で飛んでくる火球を切り落としながら、ハニエルへと近づいていく。スキルから発した魔法攻撃なら、黒鎌で打ち消せる。

効果がないと見たハニエルは、青い障壁を展開して俺から逃れようとする。

『あの障壁もスキルだ。黒鎌で断ち切れっ！』

「ああ、やってやるさ」

くっ、初めてスキルを断ち切るのに手応えを感じた。今までなら、苦もなく黒鎌の刃が通ったのに、なんて重さだ。分厚い金属でも斬っているような感じすらしてしまう。

おそらく、この障壁を展開しているスキルは、黒鎌に抗えるほどに強力なのだ。

段々と障壁と黒鎌の刃が拮抗していく。そこへ、グリードが俺を詰り（なじ）ながら言う。

『どうした、フェイト⁉　暴食スキルを半分解放したのにこのザマか？』

「うるせっ！」

『その目を使って、結界を見極めろ！　すべてが均等に展開されているわけではない』

この赤眼で見極めるか……集中して結界を見ると違った世界が現れる。

ハニエルが作り出した結界の中を血液のような流れが巡回している。流れが活発なところもあれば、滞っているところもある。

「これは、もしかして魔力の流れ？」

『そうだ。流れの悪いところを狙えっ！』

一旦、結界から黒鎌の刃を抜いて、グリードが言っていた魔力が薄い場所に斬り込む。

打って変わって、面白いように結界が斬れていくではないか。

ある程度斬り裂くと、黒鎌のスキルを無効化する力が働いて、障壁はガラスが砕けるような音を立てて、消失する。

「よしっ」

『このまま斬り伏せろ、フェイト！』

黒鎌のままで勢いに任せて、上半身だけとなったハニエルに斬りかかる。

手をクロスしてガードしようとするが、関係ない。その上から袈裟斬りに刃を突き立てる。

そして、一気に切り裂いていく。ハニエルの両腕は斬れ落ちて、胸に埋め込まれた核にまで達する。核となっている真っ白な少女は、胸を切り裂かれてもがき苦しむ。

わかっていても、割り切っていても、やはり核への攻撃は胸に突き刺さるものがある。

さらに追撃をと思った時、ハニエルが羽ばたき始める。爆発する羽を振りまきながら、上空へ逃げようとしたのだ。

飛べない俺は、雲の上に逃げられたら打つ手がない。

地面に落ちて炸裂する羽を躱しながら、飛び上がろうと思うが、もうあの高さだと追いつけない。このままでは、せっかくダメージを与えたハニエルが回復してしまう。

ちっ、地面にはポタポタと赤い染みができていく。右目から血が流れ始めていたのだ。

そろそろ、限界に近づいているようだ。早く、ハニエルを倒して魂を喰らわないと、俺が俺ではなくなってしまう。

ハニエルの時間稼ぎに苛立ちを募らせていると、マインが合流してきた。

「私がフェイトを上空まで打ち上げる」

「どうやって⁉」

なんと！　黒斧の腹の部分に乗れというのだ。俺が乗るのか、これに⁉

まあ、暴食スキル保持者の俺がとどめを刺さないといけないからか。

「さあ、早く。ハニエルが元に戻ってしまう」

「わかったけど」

俺には決め手がない。今俺が持っている最も強い攻撃は、黒弓――第一位階の奥義だけ。範囲攻撃のため、ハニエルの再生能力を上回るほどの威力が出せない。

もっと単体に向けた高出力な攻撃が必要だ。

どうする？　黒弓の奥義を超至近距離から放つか？

かなり無茶になるけど、これしかないか……そんな俺にグリードが言う。

『そろそろ、第二位階の奥義《デッドリーインフェルノ》をやってみるか』

「なんだよ、急に。今までダメだったくせにっ」

『それはフェイトがそれを扱うに至らなかったからだ。しかし、今のお前の目なら問題ない』

どういうことだと聞きたかったが、焦(じ)れたマインが無理やり俺を黒斧に乗せてしまう。

「早く、行かないと再生する。話は空中ですればいい。行って来い！」

「ちょっ、うあああああああぁぁぁぁ」

有無も言わせず、俺はハニエル目がけて飛ばされてしまう。

おいおい、慌ててグリードに聞く。

「早くっ、教えてくれ！」

『第二位階の奥義には、お前のステータスの20%が必要になる。そして、この攻撃は敵の魔力が集中する場所を狙わないといけない。僅かでも外れると、不発に終わるぞ』

「なんだよ。魔力が集中した場所って、そんなの見え……」

いや、今の俺なら見える。

暴食スキルの力を半分だけ、解放した状態なら、あの障壁を見切った要領でできるはずだ。

目前に迫りくるハニエル。再生に集中しているようで、俺には気づいていない。

もう、これしかないか。

「グリード、俺のステータスから20％を持っていけっ！」

『では、頂こう。お前の20％』

すでに黒弓の奥義でステータスの10％を消費している。ここでさらに20％を失えば、ハニエルとのステータス差から、マインの足手まといになりかねない。

今でもかなりギリギリのラインなのだ。

つまり、この第二位階の奥義である《デッドリーインフェルノ》の失敗は許されない。

そんな気持ちをよそに、グリードは俺からステータスを奪っていく。体中から力が抜けていく感覚。

黒鎌は俺の力を吸って、変貌を始める。

第29話　第三位階

現れたのは並んだ三枚刃。見ようによっては獣の鋭い爪を感じさせる黒鎌だった。

サイズも一回り大きくなっており、もともと扱いにくい大鎌が、さらに難度が上がっている。

黒弓の変異と同じように、武器自体がサイズアップ。俺はこれを大罪兵器化と勝手に呼んでいる。

手から否応なしに伝わってくるプレッシャーで、この武器がとんでもない力を秘めていることを使用する前からわかってしまうほどだ。

俺が見上げると、間近に迫るハニエルは自己再生にまだ専念しているようだ。

「このまま、いくぞ！」

『見極めろ、魔力が集中している場所だ』

グリードの言う場所を赤目を凝らして探す。

ハニエルの体内を脈打つように流れていく魔力が見える。木のように枝分かれしている流れから、根本を辿っていく。

やはり予想していた通りだ。魔力の源は核である白き少女だ。それも心臓がある位置。ここを中心にして、ハニエルの体全体に魔力が行き届いている。

核の心臓をこの大罪兵器と化した黒鎌で切り裂けば、すべては終わる。

問題はハニエルの自己再生スピードだ。戦い始めの時は、腕や頭を斬り飛ばしても、すぐに元に戻っていた。

しかし、今はその驚異的な回復スピードが鈍化しているように見える。

まだ、マインに吹き飛ばされた下半身がすべて再生できていない。そして、俺が切り落とした両腕もだ。

「弱まっているのか？」

『無理やり成体化したんだ。代償として、自己再生が遅れているんだろう。だが、できないわけではない。ただ時間が少しかかるだけだ』

「なら、このチャンスで決めないとな」

『当たり前だ』

俺は変貌した大鎌を振りかぶって、狙いを定める。すれ違いざまに斬り裂いてやる。

たとえ、ハニエルが俺に気づいて、何かしようとしていてもだ。

ハニエルは俺と自身を閉じ込めるように障壁を展開する。

そして、核の少女が何かをし始める。

この動きは……まさか⁉

閉じ込められた空間に青い炎弾が幾つも現れる。

逃げ場なし。倒そうとして逆に誘い込まれてしまったのか。

『チッ、ハニエルは自分もろとも、焼き払う気だ』

ハニエルには驚異的な自己再生能力がある。スピードが遅くなっても回復できてしまうのだ。

対して俺が持っている自動回復スキルは、致命的な怪我は治らない。この密閉空間で、あの青い炎に焼かれたら、スキルは発動せずに死ぬ。

どうする……せっかくステータスの20%を贄にして呼び出した《デッドリーインフェルノ》を捨て、その後で素の黒鎌の力で青い炎弾の攻撃を斬り裂いて無効化するか。

でも、それをしてしまうと俺たちに次はないから、

「だったら、燃やされる前に喰らってやる」

『言うじゃないかっ、フェイト！』

ハニエルと俺がいる空間に浮かぶ青い炎弾たちが膨れ上がり、燃え上がり始める。

熱い……服が焦げ、肌が熱を帯びていく。

視界が青く染まる。それでも狙いを見失うことはない。

『フェイト、気をつけろっ！』

「大丈夫、見えている」

前もってハニエルの体の動きから予測していた。右腕だけの再生に集中しようとしているさまをちゃんと見ていた。

青い炎の渦から、ハニエルの腕が飛び出してきて俺を鷲掴み（わしづか）にしようとする。

俺はそれを逆に踏み台にして、核へと飛びかかる。

『決めろ、フェイトっ！』

「うおおおおおぉぉぉぉおおぉぉぉぉ」

がら空きとなった核へと突っ込んでいく。

核の白き少女の赤い瞳が俺を捉える。未だに目から血を流しながら、ひたすら俺を見続ける。

彼女は取り込まれていない両手で何かするかと思っていたが、動かすことはなかった。

その姿はまるで、俺に殺されるのを望んでいるかのように見えた。

《デッドリーインフェルノ》が、彼女の胸を切り裂いていく。間違いなく、魔力の中枢を刃が通り抜ける。

その時、核の少女の手が俺の頬に僅かに触れた。途端に《読心》スキルが発動して、彼女の心が流れ込んでくる。

断片的な記憶だ。おそらく、彼女がこのような姿にされる前の記憶だろう。

真っ白い施設で、似たような子供たちと一緒に生活している。初めは子供たちで賑やかだったが、一人また一人とどこかへ連れて行かれていなくなってしまう。

とうとう彼女にも声がかかり、どこか薄暗い場所へと連れて行かれそうになる。

怖くて泣いてしまう彼女を抱きしめる子がいた。……その子はマインによく似ている。

だけど、その子はマインと違って豊かな感情を持っていた。

なんだ……この記憶は⁉　そう思っていると、核の少女の手が離れていったため、伝わってきた記憶はそこで途切れてしまう。

我に返ってハニエルを見ると、あれほど白かった体が真っ黒に変色を始めていた。

「グリード、これは⁉」

『これが俺様の第二位階の奥義《デッドリーインフェルノ》――必滅の一撃だ。魔力が集中する場所を斬れば、いかなる敵だろうが必ず死ぬ。大鎌に込められた膨大な呪詛が全身

に回って、すべてを腐らせる。どんなに強力な生命力を持っていようが、決して抗うことはできない』

たしかにあれほどの自己再生能力を有していたハニエルがあっけなく崩壊していく。黒く染まり、土塊のようにひび割れていき……風によって塵になって飛ばされる。核である白き少女もまた同じだ。黒い石像のようになって動かなくなってしまう。

地面に着地すると、時を同じくしてハニエルだったものも落ちてくる。衝突によって、原形を留めないほど完全に破壊される。朽ちた村に、朽ちた機天使の残骸が派手に散らばっていく。

この広間にある無数の墓石がまるで、ハニエルのために予め用意されていたかのように感じた。

《暴食スキルが発動します》

《ステータスに体力+260000000、筋力+290000000、魔力+240000000、精神+280000000、敏捷+140000000が加算されます》

無機質な声と共に、未だかつてないほどのステータスが加算されていく。スキルはERRORのため追加されないようだ。

ん？　いつもと違う。いつもなら、これほどのステータスを喰らうと、暴食スキルが歓喜して俺を苦しめるはずだ。

なのに、暴食スキルは静かだ。飢えはしっかりと収まっているのに、満たされたという感じはしない。

ただ、それとは別に胸を締め付けるほどの寂しさが通り過ぎていくのだ。

「なんだ……この感覚。相手が魔物と違って、機天使(キメラ)だったからか？」

『そんなものだろう。劣化版とはいえ、同族喰いなんてそんなものだ。嬉しくも面白くもない。あるのは、ただ……』

グリードはそれ以上口にすることはなかった。

なんとなくハニエルの残骸を眺めていると、マインが合流してくる。

「よくやった。これでフェイトも大人として認める」

「それは光栄だけどさ……ねぇ、ちょっと聞いてもいい？」

「なに？」

あの時、ハニエルの核から読心スキルを通して、流れ込んできた記憶についてだ。

施設みたいな場所で、マインに似た子が核の少女と一緒にいたのだ。

「ハニエルの核にされた子とマインは、もしかして知り合いだったの？」

「……………さあ、大昔のことなんて忘れた」

マインはそう言いながらも、膝をついてハニエルの残骸を優しく撫でていた。やっぱり、知り合いだったんだろう。

本当に今更だが、そんな大事な人を暴食スキルで喰らってよかったんだろうか。喰らった魂は暴食スキルの中で永遠に苦しむことになる。

マインは俺を見透かすように言う。

「これでいいと思うしかない。機天使になったら、もう倒すしかない。じゃないと、もっと多く死ぬ」

大昔に滅んだガリア。

途方もない時間が過ぎたというのに未だに機天使という遺産が眠っていたりする。もしかしたら、まだあるのかもしれない。

そして、もっと脅威となる存在もどこかで身を潜めているのかもしれない。そう思うと、鳥肌が立つ。

目に見える天災――天竜とは違った得体の知れない恐怖を感じずにはいられない。きっと、俺はこの機天使ハニエルを通して、その一端を垣間見てしまった。

マインは俺の知らない世界と戦っている。これまでもこれからもずっとだ。俺も同じ大罪スキル保持者として、戦わなければいけない時が来ると思う。

でも、今はその時ではない。俺にはもっと重要な事がある。

本来の目的は機天使ハニエルを倒すためにガリアに来たわけではないのだ。

「グリード、さすがにいけるんじゃないか？」

『その通りだ。どうする……なんて聞くのは野暮か』

「俺にはもっと力が必要だ。今まで溜め込んだステータスを贄に、お前の第三位階を解放してくれ」

『よかろう、なら貰うぞ！』

数千万ものステータスがグリードに奪われていく。この旅で得てきた力だ。

故郷の村で得た力……剣聖アーロンとの共闘で得た力……そして、機天使ハニエルとの戦いで得た力……そのすべてのステータスが失われていく。

スキルは残るが、ステータスは振り出しに戻ってしまう。また一からやり直しだ。

黒鎌グリードは光を放ちながら、姿を変えていく。

俺の力が抜けていくと、光も収まり始める。そして、俺はグリードの新たな姿を見て絶句した。

「まさか……グリード……これって」

『ああ、お前が最も欲していた力だ。だから、この第三位階の姿、タイプ・魔盾。存分に使いこなしてみろ！』

「ああ、やってやるさ」

俺の身長より大きい黒盾を手にして、笑みが溢れる。

俺はずっと欲しかったんだ……誰かを守れるこの力がっ！

第30話　ガリアの地にて

グリード強化に贄として捧げたステータスがどうなっているのか、念のため《鑑定》スキルで確認しておく。

案の定、スキル以外はグリードと出会った時のステータスに戻っていた。

フェイト・グラファイト　Ｌｖ１

体　力：１２１
筋　力：１５１
魔　力：１０１
精　神：１０１
敏　捷：１３１
スキル：暴食、鑑定、読心、隠蔽、暗視、格闘、狙撃、聖剣技、片手剣技、両手剣

技、弓技、槍技、炎弾魔法、砂塵魔法、幻覚魔法、筋力強化（小）、筋力強化（中）、筋力強化（大）、体力強化（小）、体力強化（中）、魔力強化（小）、魔力強化（中）、魔力強化（大）、精神強化（小）、精神強化（中）、精神強化（大）、敏捷強化（小）、敏捷強化（中）、自動回復、炎耐性

スキルがかなり増えてきたなと思いつつ、黒盾グリードを試しに掲げてみる。少しだけずっしりとして重い。

他の位階武器に比べると、一番の重量がある。

片手だけで扱えないことはないが、両手を使ってしっかりと持ったほうが安定しそうだ。

『俺様の第三位階はどうだ？』

「いいじゃないか。今まで敵の攻撃……広範囲攻撃を受けた時、大抵躱しきれずにいたからさ。それでこの魔盾はどれくらいの防御ができるんだ？」

『大概の攻撃は防げる。込めた魔力量に応じて、防御範囲を拡張できるぞ』

「それなら、広範囲攻撃も防げるのか？」

『可能だ。お前の扱い次第だがな』

俺の魔力ステータスによって防御範囲を広げられるのか。

この黒盾があれば、俺が苦手としていた守りながら戦う……これができるようになるかもしれない。あとはグリードが言ったように、俺がうまく扱えるようになれるかだ。

おあつらえ向きにここはガリア。練習する相手には事足りる。

改めて黒盾を掲げていると、マインが面白そうな目をして近づいてきた。

「こんなガリアのど真ん中で、位階の解放をして……呆れた」

「しかたないじゃないか。グリードは時と場所を選んでくれないんだ。本当に強欲っていうか、わがままなやつなんだ」

「ああ、たしかに昔からそんなやつだった。すっかり忘れていた」

腐れ縁であるマインとグリードは旧知の仲だ。だけど、互いのことをそんなに話そうとしない。

仲が良いって感じではなく、どちらかと言えば、戦友みたいなものか。

お互いある程度は知っているが、深くは知らない。そして、互いに干渉もしない。戦いとなれば、協力する。

俺はどうだろうか。同じ大罪スキル保持者として、マインとの関係はどうしたら良いんだろうか。

まあ、そこら辺のところは今更悩んでもしかたない。とりあえず、俺にはマインに言っておきたいことがある。

「マイン……お願いがあるんだけど、いいかな？」

「う～ん、事と場合による」

「ほら、グリードの位階解放によって、俺のステータスが弱体化しているからさ。ある程度戦えるようになるまで、ステータスアップを手伝ってほしいんだ。お願い！」

どうしようかなと考え出すマイン。頼む、了承してくれ。

強い魔物が跋扈するガリアで今のステータスだと、さすがに死んじゃう。しかも、ここでは魔物が大群になって現れるから、なおさらきつい。

マインが俺の顔を見ながら、薄らと笑う。なんだろうか……その笑みは怖すぎる。

「わかった。手伝ってあげる。ハニエルを倒すために頑張ったことだし。それにフェイトに簡単に死なれては困る」

「ありがとう」

「だけど、その前にこの子を土の下に眠らせてあげたい」

マインが指差したのはハニエルの残骸だ。ほとんど崩れて、塵になって風に運ばれてしまったが、まだ少しは残っている。

魂は俺が喰らってしまった。せめて、肉体は土の下へというわけだ。

「喜んでさせてもらうよ」

「そう……ありがとう」

最後の礼はとても小さな声だった。

案外、彼女なりの照れ隠しなのかな。ここまでの旅でなんとなくわかるようになってしまった。さて、手伝いますか。

広間の墓標が立ち並ぶ場所。その中央にハニエルの墓を作る。

穴はマインが黒斧を使って、一撃で空けてしまったので俺は横で見ていただけだ。

その中に、ハニエルの残骸をそっと入れていく。ゆっくりと慎重に扱わないと今にも崩れてしまうからだ。

やはり破片は少なく、すべてを入れ終わるまでそう時間はかからなかった。あんなに大きな体をしていて、残ったのはこれだけか……。

俺が第二位階の奥義で屠っておいて、この言い方はないよな。

二人で土を被せる。そこへ、マインが村の瓦礫を墓標に見立てて、差し込む。

簡素な墓が出来上がる。

「終わったな」

「うん、終わった」

しばらくマインはハニエルの墓を見つめていた。そして、何かを振り切るように顔を振ると、

「次はフェイトの番」

「ああ、助かるよ」

「ちょうどいいところに、オークの群れが近づいてきている。たぶん、さっきの戦いで刺激したみたい」

「そうなのか……どれくらいの数？」

オークの群れは二個中隊ほどだという。

さすがの索敵能力だ。おそらく周囲の魔力を探知して把握しているのだろう。

俺も暴食スキルの力を借りずに、早くそんなことができるようになりたいものだ。

「準備はいい？」

「いつでもいけるさ」

「なら、早く済ませる。ラストアタックはフェイトにあげる。ミスは許さない」

「おっおう」

相変わらず、厳しいマインだ。

でも、魔物を彼女が弱らせておいてトドメを俺にくれるなんて、至れり尽くせりじゃな

いか。マインは無愛想だけど、根はいいやつだ。

さて、俺はグリードを黒弓に変えて、後方からの攻撃にさせてもらう。

ステータスが上がり次第、前衛に切り替えて戦う予定だ。状況を見ながら、新たな力である黒盾を試してみるのも良いかも、いや欲張り過ぎか。

ハニエルとの戦いで疲れているはずなのに、今は戦いたくてしかたない気持ちがこみ上げてくる。

それは暴食スキルのせいだ。ハニエルを喰らってから、口直しがしたいと言っているようだ。

なら、させてやるさ。しっかりと喰らって俺のステータスを上げてくれ。じゃないと、ガリアでは生き残れない。

朽ちた村を出ると、緑色の地面がこちらへ向けて進軍してくるのが見えた。

二個中隊か……目で見ると結構な数。美味しくいただきたいものだ。

「行こう！」

「弱い癖にすごいやる気」

「すぐにまた強くなるさ。あっという間に……それが俺の取り柄だから」

倒せば、その対象の魂を喰らって力を奪ってしまう暴食スキル。

俺はこのスキルでステータスオール1から始めて、機天使ハニエル——2000万近いステータスを有する敵を倒せるまでになった。今は弱体化してしまっているが、またすぐにその域に戻ってやる。

マインは暴食スキルのことを際限なく強くなれると言った。そして神の定めた領域すらも突破できると。

だけど、そんなうまい話にはやっぱり代償が付きものだ。きっとその前に俺の精神が持たなくなると思う。暴食スキルに向き合った今なら、わかってしまう。

おそらく、俺は天竜を喰らったら……だから、そのためには……。

「フェイト、どうしたの？」

マインがオークの死体の上で首を傾げる。

あらかた片付いたようだな。頭に無機質な声がステータスの上昇を教えてくれる。いつでも変わらず、冷静な声だ。

まずまずステータスは取り戻した。最後のハイオーク・リーダーくらいなら、俺一人で難なく倒せるほどだ。

俺は黒剣グリードを構えて、ハイオーク・リーダーへ接近する。

何かしようとしているようだが、遅い。すれ違いざまに、首を切り抜ける。

《暴食スキルが発動します》

《ステータスに体力+203400、筋力+217500、魔力+175300、精神+154300、敏捷+168400が加算されます》

《スキルに剛力、体力強化（大）が追加されます》

よしっ、これでマインの力を借りなくても戦える。俺は一掃されたオークたちを見渡しながら言う。

「マインはこれからどうするの？」

「私はこのままガリアを散策する。フェイトもついてくる？」

なるほど、だから彼女にしては珍しく食料を買い込んでいたのか。今まで俺の食料を奪っていたから、どうしたんだろうと思っていた。

心を改めたわけではなかったようだ。

「いや、俺は防衛都市に戻るよ。……守りたい人がいるんだ」

「そう……それは残念。ここでお別れ」

マインは別れを惜しむことなく、ガリアの奥へと歩きだしてしまう。

そんな彼女を俺は少し迷って、呼び止める。

「頼みがあるんだ」

「なに？」

「もし、この先……俺が俺でなくなった時は……俺を殺してほしいんだ。こんなことを頼めるのはマインしかいない」

同じ大罪スキル保持者のよしみでお願いする。

きっと暴食スキルに呑み込まれて暴走した俺を倒せるのは、俺の知る限りマインだけだ。もしもの時のために保険をかけておきたい。

マインは珍しく目を見開いて、ため息をついた。そして、黒斧を地面に突き刺し、俺を抱きしめる。

いつも素っ気ない彼女らしくなく、思いのほか苦しいほどの抱擁(ほうよう)だった。

「マイン……」

「わかった。その時は私があなたを殺してあげる」

「……ゴメン。…………ありがとう」

彼女はそれ以上、何も言わなかった。もう一度、心の中でマインに謝る。

だけど、これでいざという時心置きなく戦える。

グリードが《読心》スキルを通して、悪態をついているが気にしない。

これは、俺にとって大事なことなのだ。さあ帰ろう、ロキシー様がいるはずの防衛都市に。もう守られるべき存在ではないことを、示すんだ。

俺はマインと別れ、本来の道へと戻る。このためにここまで来たのだ。

そして、懐から髑髏マスクを取り出す。

番外編　ロキシーの遠征

それは予期せぬ部下の報告から始まった。

ガリアへ向けて軍を進めていた私は、馬を横付けにしながらそれを聞く。

部下が言うには、バルバトス領の都市ハウゼン、その方角から煙が上がっているというのだ。

そんなはずはないと、煙を見たという場所へと馬を走らせる。

「うそ……」

思わず出てしまった声を咳払いで誤魔化しつつ、ハウゼンがある方角をもう一度確認する。

やはり、煙が上がっている。ということは、あのアンデッド系の魔物たちによって魔窟と化したあの都市に何かが起こっている？

アンデッド系の魔物は炎を扱うことはないし……。なら、他の炎を扱う魔物と縄張り争いでもしているのだろうか。

しかし、あの複数の煙の上がり方を私はよく知っていた。

あの優しく立ち昇る煙たちは、私の故郷でいつも見ていたものだ。そう、家々で料理をしている時に煙突からもくもくと上がっているものと同じだ。

魔窟と化したはずのハウゼンに、人が住んでいる。それも大勢。

「状況はわかりました。ハウゼンを調べる必要がありそうですね。あなたは戻って部隊長へ待機するように伝えなさい」

「はい」

私はそう指示するとともに、腕に覚えがある部下を十名ほど連れてくるように言う。

彼は私自身がハウゼンへ向かうことに戸惑っていた。聖騎士がこういった調査に自ら動くことは、ほとんどない。基本的に聖騎士でしか倒せないような魔物が出た場合に動くのが常だ。

でも私はなんでも自分の目で確かめたい。

軍へ戻っていく部下を見送りながら、私は自身が知っているハウゼンの状況を整理する。

あそこは、ハート家と同じ五大名家の一角だったバルバトス家が治めていた。しかし、当主である剣聖アーロン・バルバトス様が突然の隠居をされてしまい、ハウゼンは依然として、魔物たちに占拠されたまま放置されていた。

　私が聞き及んでいる隠居の原因は、親族をすべて失ったことらしい。王命でガリアから流れてきた小規模スタンピードの討伐に向かうため、ハウゼンを離れた隙をつかれたのだそうだ。剣聖ともなれば、その強さゆえに王様から重宝されて数多の魔物たちと戦闘を繰り返すことになってしまう。

　終わりない戦いによってヘイト現象が蓄積されて、良からぬ魔物を生み出してしまったのだ。それはアーロン様に明確な敵意を抱いた【死の先駆者】というリッチ・ロードだった。

　リッチ・ロードは死霊使いという特殊な力を持っており、更に他の魔物に比べて知能が高くて、精神的な攻撃を得意としているらしい。おそらく、それらを駆使して、アーロン様にとって致命的といえるほどの何かをしたのだろう。

　その結果として、アーロン様は剣を置いて隠居されてしまった。これが、私が聞き及んでいることのすべてだ。

「ロキシー・ハート様。準備が整いました」

「わかりました。では、行きましょう」

　急な調査隊の編制だったけど、顔ぶれを見るに、軍の中でも指折りの猛者（もさ）たちが私に同行してくれるようだ。人選はお任せにしておいたので、彼らは皆志願してきてくれたみたいなものだ。嬉しい。だけど、立場上それを顔に出すわけにはいかない。

ハウゼンまでは馬を走らせれば、数時間で着く距離だ。私の号令と共に、調査隊は進み出した。向かう途中、救護班に所属するミリアが話しかけてきた。淡い栗毛の彼女は人懐っこい顔をして、

「ロキシー様、本当にあのハウゼンに人がいるんでしょうか？」

「可能性は高いでしょう。ですが、あの場所には知能が高い【死の先駆者】というリッチ・ロードがいると聞きます。もしかしたら罠である可能性も捨てきれません」

「あわわわ、冠魔物ですか。私はまだ見たことがないんです。緊張してきました」

言動からもわかるように新米武人であるミリア。でも私は知っている。今は経験不足ということで救護班という立場に置かれているが、剣の腕前は軍の中でも特出している。数年ほど経てば、彼女は間違いなく部隊長になるだろう。

「ミリア、緊張しているのはわかりますが、それを口に出してはいけません。その動揺が他の者へ伝染してしまいます」

「はい……すみません」

しょんぼりしてしまうミリア。う～ん、この調子では部隊長への道はまだ遠いかも……

と考えていると、左側から豪快な笑い声が聞こえてきた。壮年のムガンという部隊長の一人だった。

「ミリアはまだまだだな。そんなに怖いのなら今から帰ってもいいのだぞ」

「もうっ、ムガンさんはいつもそんなことを言うんだから、嫌いです」

ミリアはムガンのことが苦手なのだ。なんだかんだ言って、ちょっかいを出してくるのが嫌らしい。しかし、ムガンは同年代の娘を持つ者として、ミリアが気になってしかたないと言っていた。

そんな二人が私を挟んで言い合いをするものだから、堪ったものではない。

「二人とも静かにしなさい。それにムガン。あなたは部隊長なのでしょう。部下を置いてきてもよいのですか？」

「問題ありません。なんせ、儂の部下は優秀ですから。ですので、こういうこともできるのです！」

やたらドヤ顔を決めるムガン。それに対して、ミリアが小声で私に言ってくる。

「あのですね。今回の調査隊の編制では、ほとんどの部隊長が手を上げたんですよ。全員行くとなると軍が大変なことになる。それなら一人だけとなって、ムガンさんは力ずくで押さえ込んで、勝ち取ったんです。あの人は本当に大人げないです」

「まあ……」

部隊長のほとんどが立候補してくれたことは素直に嬉しかった。だけど、ムガンがその時に押さえ込んだ様子——物理的に行動したのを思い浮かべると少し苦笑いする。

「だから編制にあれほど時間がかかったのね」

「そうなんです！」

ニヒヒッと笑うミリアに、ムガンの重い声が、

「聞こえているぞ、ミリア」

「はうっ、地獄耳です」

そして、これはミリアの部隊長に報告しておかないとな、なんて言うものだから、彼女は涙目になって私に助けを求めてくる始末だ。

いつものように私が困り果てていると、それを見ていた後ろの者たちから笑い声が上がった。和やかでいいのだけど、少し規律に欠けるように思えてしまうところもあったりする。

「ロキシー様、もうすぐハウゼンですよ！」

「……魔物の気配は感じないわね」

私の言葉にムガンを含めた部下たちが頷く。そして、そのままハウゼンの街並みが見え

る所までくると、なんとそこに人の往来を確認することが出来たのだ。

「これは……何が起こっているんでしょう、ムガンさん」

「ミリアめ、こういう時だけ頼りおって。確かに、これでハウゼンを何者かが魔物から解放していたことがわかりましたな。王都にはそのような情報が来てはいないので、少なくとも我々が王都を旅立ってからでしょうな。どうされますか、ロキシー様」

「ハウゼンの中へ入りましょう」

手綱を引いて馬の向きを変えて、ハウゼンの外門へ歩かせる。外壁は手入れは全くされていないようで、経年劣化でところどころ崩れている。これでは外敵からの防衛としての機能は果たせないだろう。

近づいていくと、住民と思われる人々が私たちに気が付いて、跪いて頭を下げる。聖騎士である私に敬意を表しているのか、それとも恐れからの行動なのかはわからない。だけど、私はそのようなことは望んでいないので顔を上げて立ち上がるように言った。

「私は聖騎士ロキシー・ハート。聞きたいことがあります。ここを治めている者と会いたいのですが、案内していただけますか？」

すると、一番近くにいた女性がかしこまりながら答えてくれる。

「ハウゼンを治められているのは、アーロン・バルバトス様です」

ってきた？

「アーロン・バルバトス様⁉」

そんなはずは……彼はハウゼンを放棄し、隠居されたはずだ。それなのに今になって戻ってきた？

部下たちもそれを聞いて、怪訝な顔をしている。

話しかけた女性が私たちを見て、不安そうな顔をしながら続ける。

「はい、アーロン様なら中央広場にいらっしゃいますので、案内します。付いてきてください。あっ、まだ街の中の道が瓦礫で塞がっていたりしますので、馬はあちらへ繋いでいただけると助かります」

瓦礫の山がまだ残っている……どうやら魔物たちから解放されて、まだそれほどの時間が経っていないのかな。

私たちは言われた通りに馬を降りると、近づいてきた男たちに預けることにした。

女性の案内で外門をくぐり抜ける。

「酷い有様ですね」

「ええ……」

彼女は何も言わなかった。建物は原形をやっと留めているくらいで、長年放置されてきた外壁と同じように、ボロボロだった。それに併せて、激しい戦闘痕が建物だけでなく、踏みしめる道にも刻まれていた。

まるでつい先程まで、ここに魔物が巣食っていたと言わんばかりの光景だった。

「復興を始めているところなのですが、人手不足で……それに私は……」

案内してくれながら、顔を下へ向けてしまう。彼女が言おうとしている先は、予想できてしまう。スキル絶対主義のこの世界では、有用なスキルを持てない者の劣等感は計り知れない。私の母上がそうだったので、幼い頃から周りの差別に苦労していたのをよく知っている。

それに、彼も……フェイトも。幼い頃に出会った時の彼は前向きだった。だけど、王都で歳を重ねていく内に、覆せない現実を知ってしまったのだろう彼は、再会した時にはどこか変わってしまっていたのだ。それでも、ハート家の使用人になってからは少しずつ昔のフェイトを取り戻していったように見えて、私は嬉しかった。

あっ、いけない、いけない！　思考があらぬ方向へいってしまった……反省。

未だ顔を下げている彼女に言う。

「そのように悲観することはないですよ。あなたも必要とされていますよ。そうでないと、この都市の現状を私に説明したり、こうやって案内なんて出来ないでしょ？」

「……ありがとうございます。聖騎士様にそのようなお言葉をいただけるなんて……」

　やっと顔を上げてくれた彼女の表情を見て、よかったと思っていると、

「ロキシー様、私も褒めてください！」

「えっ」

　ミリアが大きく手を上げて、進言してきた。何をかな……戸惑う私にムガンが割って入る。

「何を言っている！　お前は何もしていないだろう。ロキシー様にいつもご迷惑をおかけしているくせに」

「え〜、そんなことはないですよっ！　ねぇ、ロキシー様」

「…………」

「無言⁉」

「ほら、みたことか」

　涙目になって、私に縋（すが）り付くミリア。ゴメンね、大体当たっているの。自分には嘘はつけないから……。

　ムガンはそれを見て、大笑いだ。また始まったなと思っていると、意外な人物の笑い声が聞こえてきた。

　先程から案内をしてくれている女性からだ。

「フフフッフフッ、ごめんなさい。仲がおよろしいんですね」

「「どこがっ!!」」

ミリアとムガンが真顔で否定する。それがまた彼女のツボにはまったみたいで、ケラケラ笑う。そんな様子で、彼女との距離が近づいてきたところで、案内は終わりを告げる。

ハウゼンの街で最も広いと思われる広場で、指揮を執っている老人。装いは、周りの人達とは、あまり違いがないけど、彼から放たれるオーラ――カリスマ性は目を引くものがあった。

彼女は笑顔になって彼の下へ駆けていく。

「アーロン様！　あの聖騎士様たちが、アーロン様にお会いしたいと」

アーロン様はそれを聞くやいなや、私の方へ顔を向けて会釈する。私もそれに倣って、同じようにした。

彼は作業を他の者へ引き継がせた後、私たちがいる場所へやってきた。間近で見る彼は年老いても、現役の聖騎士に引けをとらないくらいの威圧を内包しているように思えた。さすがは、王様から剣聖の称号を賜った猛者だ。

「はじめまして、ロキシー・ハート。もうご存じかもしれないが、儂がこのハウゼンを治めるアーロン・バルバトスだ。見ての通り、今は復興で忙しいのでこのような場での挨拶ですまない」

「いえ、こちらこそ突然の訪問をお許しください。それに……」

「聞きたいことはわかっておる。こちらへ」

私がアーロン様と一緒に歩いていこうとすると、ムガンから申し出があった。王都への報告もあり、ハウゼンの状況を別働隊として確認したいとのことだ。その申し出をアーロン様は快諾(かいだく)する。

ということで、ムガンはミリアを含めた全員を引き連れて、ハウゼンの調査に行ってしまった。ミリアだけは私に付いていきたいという顔をしていたけど、ムガンに首根っこを掴まれて引きずられていったのだ。

「ロキシー様～!!」

あれほど離れているのにまだ彼女の声が聞こえてくる。ちょっと恥ずかしいなと思っていると、アーロン様に笑われてしまった。

「良い部下を持っているな。自立しており、各々が君に負担をかけないように動いておる」

「彼らには助けられてばかりです。でもよろしかったのですか？　私たちが勝手にハウゼンを調べて……」

改めて聞いてしまう。それほど、聖騎士は自分の領地、都市を他の者に調べられることを嫌うものだ。以前、補給と休息のために立ち寄ったランチェスター領では、ひどい扱いを受けたのが記憶に新しい。

同じ五大名家なのに、当主のルドルフ・ランチェスターは私たちを都市にも入れず、そればかりか顔すらも見せなかった。都市の外へ待機を命じて、物資の補給だけは決まり上対応してくれたものの、野外でテントを張って過ごす羽目になった。

部下たちにはランチェスターの都市にある巨大な宿泊施設を楽しみにしていた者も多く、落胆はとても大きかった。特にミリアは私のテントにやってきて、こっそり都市の中へ入って、宿泊施設に泊まってしまいましょうと言って、本当に強行しようとしたくらいだ。もちろん、ムガンによって止められていたけど。

物資を供給してくれた人たちに聞いたところ、おかしな噂を耳にした。数日前にやってきた黒斧を持った武人によって領主であるルドルフが、ボコボコにされてしまったというのだ。それ以来、ルドルフは武人の受け入れに神経質になっているらしいとか……それが本当なら、私たちは無茶苦茶なとばっちりを受けてしまったということになる。

ルドルフを空高く打ち上げたらしい武人は幼い子供だったというのだから、たぶん噂の範囲を出ない話なのだろう。

アーロン様はそんなルドルフとは違って勝手に調査することを再度確認する私に、好きにすれば良いと言ってくれる。それに付け加えて、ニヤリとした顔を向けてくる。

「こちらとしても打算があるのだ」

「何でしょうか？」

「もしかしたら、まだ魔物が残っているかもしれんから、調査中に出会ってしまったら倒してくれるかもとな」

「ええええっ、ハウゼンにまだ魔物が⁉」

気配は感じないし、住民たちも怯えている様子がなかったので、ここにはもう魔物がいないとばかり思っていた。驚く私に、アーロン様は髭をさすりながら言う。

「なに、もしかしたらだ。だから、彼らにはハウゼンの隅々まで調査してもらわんとな」

冗談っぽく言ってのけるアーロン様だったけど、どこかその言葉には重みがあった。

ムガンたちは心配ないけど、ミリアについてはなんだか不安になる。

「さあ、見えてきた。我が城だ。まだボロボロだがな」

「……半壊していますね」

「リッチ・ロードとの戦いでな、ちと壊してしまった。あそこは無事だ。さあ、あのテラスへ」

普段からここを利用しているようで、テーブルと椅子は綺麗にしてあった。そこへ腰掛けると、なるほど……。

「ちょうど、この位置からハウゼンが一望できるんですね」

「そういうことだ。それに君と二人だけで話したかった。大きくなられたな」

「あの……私の事を？」

記憶では私はアーロン様に会ったことはない。でも、向こうはそうではないようだった。

「メイソンとアイシャとは、昔からの知り合いでな。二人の間に子が生まれた折に、名付けてくれと言われてな。そのような大層なことはできないと一度は断ったものの、生まれたばかりの君の顔を見て、名が自然と浮かんできた。結局、名付け親となってしまった」

「両親からはそのようなことは全然……」

初めて聞いた。私の名前をつけてくれたのが、アーロン様だったなんて知らなかった。

彼は微笑みながら続ける。

「儂がそう頼んだのだ。しかし、こうやって出会ったのも、何かの縁だ。良い機会だから伝えておきたかった。がっかりさせてしまったかのう」

「そんなことはないです。王都の英雄から名をつけてもらえるなんて、とても光栄です」

「元英雄だよ。君も聞いておるだろう。儂が隠居するに至った顚末（てんまつ）を」

「……はい」

ハウゼンを離れた時に、リッチ・ロードが率いるアンデッド系魔物たちによって蹂躙されてしまった。守るべきものを失ってしまい、戦う意味すら失ってしまったという顛末。

剣聖もただの人だったのだ、と他の聖騎士たちがこの話題が出る度に口々に言う。

でも、今……目の前にいるアーロン様は生きる目的を失った者が持つような目をしてはいない。生気に満ち溢れているのだ。

その答えをアーロン様は懐かしむように髭をさすりながら答える。

「一週間ほど前に、ある男が隠居していた儂の前に現れた。ひと目で強い力を持っているとわかった。恥ずかしながら、その姿が亡くした息子に似ていてな。お節介を焼かせてもらったのだ」

どのようなものだったのか聞いてみると、剣術の基礎を教えたのだと言われた。剣聖からそのような指導を受けられるとは運の良い人だと羨ましく思ってしまう。

「指導してみると、やはり彼には目を見張るものがあった。それは才能や技量ではない。ましてや、持って生まれたスキルでもない。彼が振るう剣には重さがあった。誰かのためにという思いの重さがな。おそらく、彼にとってはとても大事な人なのだろう。あれは多くは語ることはなかったが、その姿を見ておって、儂は忘れていた昔を思い出したわい」

「それでもう一度、剣を取ろうと思ったのですか？」

「ああ、まさかこの歳になって感化されるとは思ってもみなかった。だが、彼と共にこのハウゼンを解放するために戦ったあの時は、昔に戻ったように心が躍ったものだ。そして、彼は儂に可能性を見せてくれた。だからこそ、それに応えるべくまずは、行くあてのない彼の帰る場所としてハウゼンを復興しているわけだ」

「では、その人はもうここにはいないんですか？」

「旅立ってしまったよ。元々、偶然に立ち寄っただけだからのう」

ハウゼンの解放に一役買った人物。それほどの方の名を聞いてみたかった。

「名はなんというのですか？　良ければ教えてもらえますか？」

「悪いがそれはできない。あの男はそれを他に知られるのをいたく嫌がっておったからな。すまんのう」

「いえ、アーロン様がお謝りになることはありません。これは私の単純な興味ですから」

少し残念だけど仕方ない。

そして、アーロン様はハウゼンの街並みを眺めた後、真剣な顔をして話を切り出した。

「君は、ガリアに向かおうとしておるな」

「ええ、ですが何故それを」

私は一言もそれらしい話はしていないし、率いている軍はここから離れて見えない位置に待機させている。

「話は単純だ。このような場所まで君のような若き聖騎士がやってくる理由を考えたまでだ。わざわざ廃れたハウゼンの調査はありえない。なら、ガリア遠征くらいだろう……王都の聖騎士たちならやりかねんからな。どうやら、メイソンは亡くなってしまったのか？　でなければ愛娘を死地へ送るまい」

私が言葉なく頷くと、

「そうか……残念だ。メイソンを失った今、王都の聖騎士たちの暴挙を止められるものはもういなくなったか。君もガリア送りにされてしまったことだしな。儂が言えた義理ではないが。すべてを捨てて隠居した儂にはな」

寂しそうに、荒廃して未だ復興には程遠いハウゼンを眺め続けている。

しばらくして視線を私に向ける。

「どうだろう。儂の指導を受けてみる気はないか？　ガリアで役に立つはずだ」

「えっ、いいのですか？」

「もちろん、なんせ儂は君の名付け親だからな。他にもあれば言ってくれ、出来る限りのことをしよう」

願ってもないチャンスだ。でも、私の勝手でガリアへ向けての遠征を遅らせるわけにはいかない……。

そんなことを考えていると、ムガンが戻ってきた。するとアーロン様が閃いたような顔をして言う。

「率いている軍には一個小隊を残して先に行ってもらう。軍全体の進行は遅い。次の補給に立ち寄る都市までそれなりに時間がかかるし、補給自体にも時間を要するしな。その間、ロキシーはここへ残り儂の指導を出来る限り受ける。できて三日といったところか。終わり次第、残っていた一個小隊を率いて、軍本体へ合流する。どうかな、しかしこれには部隊長たちの了解が必要だがな」

そして、アーロン様はちらりとムガンを見た。

察しの良いムガンはそれだけで、仕方ないですねと言ってその場から離れていってしまう。

おそらく、さきほどアーロン様が言われた案を実行するために動いてくれたのだ。

「さて、あの者ならうまくやってくれるだろう。さあ、どうするかね？」

「……お願いします」

ここまでお膳立てしてもらって、拒否するわけにはいかないし、その理由もなくなった。

＊

戻ってきたムガンは一個小隊を引き連れて帰ってきた。そして、私が指導を受けている最中、何もすることもなく暇なので、なんとハウゼンの復興を手伝うと言い出したのだ。

ムガンだけでなく他の者も、剣聖アーロン・バルバトスは子供の頃から憧れの存在だったみたいで、彼の役に立ちたいらしい。

短い期間だけど、ハウゼンを守る外壁だけでも、時間が許す限り修復を行うことになった。魔物の侵入を防げる外壁が機能していると、中に住む人達の安心感は全く違ったものになる。この申し出に、アーロン様はいたく喜ばれた。

指導が始まる前に、アーロン様から改めて礼を貰う。

「今回の復興支援はありがとう。このような配慮をしてもらえるとは思ってもみなかった」

「私は何も……部下たちがすごいやる気で……」

「良いことだ。自分たちで最良を見出し動ける部下。君はそれを評価し、誤りがあればその前に正せば良い。良い信頼関係が構築できている証拠だ」

「あまり実感がわかない感じですが、アーロン様にそう言われるなら、そうなんですね」

「軍を率いての、本格的な実戦はまだかな？」

「はい」

そう言うと、アーロン様は納得したように頷いて、聖剣を鞘から引き抜いた。

「ならば、ガリアに行けばすぐにわかる。一刻一秒状況が変化する戦いの中で、そのことがいかに重要になってくるか、身をもってわかるだろう。さあ、では始めようか。剣を抜きたまえ」

城の中庭は広さには問題ない。アーロン様の構えからは本気を感じる。

もし、派手に戦っても、周りのものはすでに壊れているから問題ないだろう。私も本気で応えるしかない。

そう思って、鞘から聖剣を引き抜いた瞬間、それは始まった。

激しい金属音が響き渡る。

一気に詰め寄ったアーロン様の、私の首筋を狙った斬撃。それをなんとか受け耐えたのだ。

「なるほど、これは受けられるか。基礎はしっかりと出来ているようにみえる。ならば」

五月雨（さみだれ）のように続く斬撃を受け流しながら、一定の距離を確保して反撃のチャンスを狙う。

　アーロン様が大きく踏み込んだ攻撃を地面へ弾き、私は初めて反撃を放った。

　しかし、それは空を斬るだけだった。予測していたアーロン様の姿は後方へ飛び退いていたからだ。

「メイソンによく似た太刀筋だ。動きもコンパクトにまとまっていて無駄がない。ゆえに防御から攻撃への切り替えも速いな。ある意味で完成されている」

「ありがとうございます」

「では、さらに進めていこうか。よろしいかな？」

「はい、おねがいします！」

　アーロン様は次も同じように私の首筋に斬りかかってくる。当然のようにそれを受け流そうとした時、彼は足を蹴り上げて地面の砂を巻き上げた。急に視界が奪われては為す術もなく。

　軌道の変わった斬撃がお腹の辺りでピタリと止められる。

「参りました」

「卑怯だと思ったかい？　だが、実戦では結局、生き残ることがすべてだ。模擬戦とは違う。君の剣は真っ直ぐで美しいが、それゆえに危うい。相手が剣を持っているからといって、それだけしか使わないとは思わないことだ。戦いようによっては、周りのものすべてが武器になると思ったほうがいい。では」

一旦互いに距離をとって、斬り合う。アーロン様だけではなく、その場にあるものへも気を配る。お腹への斬撃を躱して後ろへ下がりながら、詰め寄られないために足元にあった瓦礫を蹴り上げてアーロン様を狙う。

さすがの彼もすぐに真似事をしてくるとは思っていなかった様子で、少しだけ驚いた表情を見せる。アーロン様はそれをすぐ斬り払って、私に詰め寄ろうとするが、

「なんて足癖の悪さだ」

その言い方はちょっとどうかと思う。アーロン様がそんなことを漏らしてしまった理由は、私が蹴り上げた瓦礫は一つではなく、二つだったからだ。

彼の角度からは一つ目の瓦礫しか見えないように、もう一つの瓦礫は隠れるように蹴り飛ばしてやったのだ。だから、一つ目を切り割ったら、中からもう一つが飛び出してきたように見えたことだろう。

結果、アーロン様は追撃をやめて、聖剣で瓦礫を弾いた。

止まった動きを見逃すわけがない。今度は私の番だと思った時に、アーロン様が弾き飛ばした瓦礫が足元へ飛び込んでくる。回避するために、バランスを崩してしまい反撃まで

繋げられなかった。

いい線いっていたと思うけど、相手は剣聖なのだ。そうトントン拍子にはいかない。

だが、アーロン様は違ったようだった。

「ハハハッ、これは参ったな。呑み込みが早い。これではいちいち口で言うよりも、この剣で語ったほうが早そうだ。よろしいか？」

それからは、無言の斬撃が続いた。アーロン様が剣で語ると宣言した通り、息つく間もなく剣と剣を交えた。

時はあっという間に過ぎて、気づいたときには地面に立っていられないほどの疲労感が襲ってくるほどだった。空はすっかり夕暮れだ。

「今日はここまでとしよう」

「ありがとうございました、アーロン様」

聖剣を鞘に納めるといよいよ力が抜けてしまって、その場に座り込んでしまった。

それを見たアーロン様は困った顔をして、髭を撫でる。

「少しやりすぎてしまったか」

「いえ、これしきなんてことはないです。ほらっ」

すぐに立ち上がってまだまだ元気だと見せようとしたものの、足がガクガクでふらついてしまう。

「ふむ、今日はゆっくりと休みなさい」

アーロン様は言い残すと、半壊した城の中へと入っていってしまわれる。そして、中から何か物音が聞こえてきた。どうやら、私との鍛錬の後だというのに、これから城の整理を始めるようだ。恐るべき体力だ……。

それにしても、本当に疲れてしまった。これほど体を動かしたのは久しぶりだ。

父上が亡くなってからというもの、このような稽古ごとをしてくれる人はいなかったから。アーロン様がお相手をしてくださると聞いて、昔を思い出してしまい思いのほか力が入りすぎてしまったようにも感じる。

でも、スッキリした気分だった。

ハート家の当主としての自分や、初めてガリアへ向かう軍を率いること、そして王都へ残してきてしまったフェイトのこと……それらのことが頭の中でグルグルと渦巻いていたのだ。

フェイトは今どうしているのだろうか。

ちゃんとハート家の領地に着いているのかな。それなら、もしかしたらお母様にあそこへ行った事情をあれやこれやと聞かれて困り果ててしまっているかも。

言い寄られたフェイトの困った顔を想像して、思わず笑ってしまう。

いけないい、いけない。そんなことを思っているとハート家の領地が恋しくなってしまう。

首を振って、気分を切り替えていると、ミリアの声が聞こえてきた。

「ロキシー様！　ロキシー様！　どこですか？」

騒がしい娘が私を探しているようだ。ミリアもムガンと一緒に私の下に残ったのだ。

なんでも同じ女性として、私の世話係も買って出たそうだ。それは嬉しいのだけども

……。

「あっ、見つけましたよ！　ロキシー様！　いるならいるって言ってくださいよ」

そして、私に飛びついてきたので、それをひらりと躱す。

「なんで!?　なんで躱すんですか？」

「だって……沢山汗をかいた後ですから」

そんなことは気にしないって顔をしているけど、私が気になるのっ！　まったくもう、

この娘は。

距離をとってミリアを警戒していると、

「それなら、お風呂に入りましょう。準備は出来ていますよ」

「えっ、本当に!?」

なんていう朗報だ。距離を保ちながら聞いてみるに、ハウゼンでは温泉が湧いているというのだ。なんてことだ、ハート家の領地と同じではないか！

あれほど疲れていた体に、力がみなぎってくるほどだ。

城を離れて、街にある大広場へ行くと沢山のテントが張ってあった。ミリアの案内でその中の一つが私のものだという。すぐに着ていた鎧を外して、着替えとタオルを持って温泉を目指す。

案内してくれているミリアも私と同じ準備をしているのが気になる。

「ねぇ、ミリア。なぜあなたも同じものを？」

「決まっているじゃないですか。一緒に入るからですよ」

「……ごめんなさい」

「えええええっ、なんですか。私のどこに問題が⁉」

問題というよりも、私は誰かと一緒にお風呂に入るという習慣がないのだ。言ってしまえば、恥ずかしいのだ。だから、ごめんなさい。

「私はこれを楽しみに、ここへ残ったのに……あんまりです」

「あまりそういうことを今、口にするのは控えたほうがいいですよ」

「えっ、なぜですか？」

ミリアはわかっていなそうなので、私は左後ろを指差した。そこにいたのは、苦笑いしながら怒りを抑えているムガンだった。

「お前……ロキシー様のお力になりたいなんて、殊勝な顔して言うものだから、てっきり心を入れ替えたとばかり思っていたが、全く変わっていなかったようだな」

「げっ、ムガンさん。なんでここに。外壁修復の打ち合わせのはずでは……」

「嫌な胸騒ぎがしたんだよ。来てみればこれだ。さあ、来い。ロキシー様はお疲れなのだ。邪魔をするものではない」

「そっそんな、ロキシー様！」

「…………」

「またしても無言⁉」

必死に助けを求めてくるミリア。私は目をそらして見て見ぬふりをする。

ごめんね。やっぱり私は一人でのんびりお風呂に入りたいの。

＊

翌日は、アーロン様から聖剣技スキルのアーツである《グランドクロス》の別の使い方について教えてもらうことになった。

　現状の私の技量から、それが可能だと判断されたからだ。

　まずはアーロン様から手本を見せてもらえることになった。

「コツはアーツを発動させる寸前で抑え込むことだ。このようにな」

　手に持っている聖剣が青白く光り出す。そして一層光を放ち始めた時、アーロン様がその力を言葉の通りに抑え込んでみせた。そして、聖なる光を帯びた聖剣を維持し続けたのだ。

「この状態で保持することによって、聖剣にグランドクロスの聖属性を付加することが可能になる。攻撃力・耐久性が飛躍的に上がることはもちろん、グランドクロスの長所でもあり短所でもある広範囲攻撃を単体攻撃に切り替えられる。敵味方が入り乱れる戦場ではこれは効果的だ。そして、聖属性を付加することでアンデッド系のような属性攻撃しか受け付けない敵に使える」

　良いことばかりの技術だけど、果たして私にできるのだろうか。

「まあ、そんなに肩の力を入れ過ぎたら、できるものもできないぞ。物は試しだ、まずはやってみなさい」

「はい」

まずは《グランドクロス》を発動させるように、意識を聖剣に集中する。

段々と輝き出す聖剣。そして、光が最高潮になった時を見計らって、発動を抑え込むが。

「あっ……」

……抑え込めなかった。すり抜けるように、聖剣に溜め込んだ力が発動してしまい、私の前にあるお城の中庭の一角を聖なる光で浄化してしまった。

失敗した私にアーロン様はにこやかに言う。

「初めは皆同じだ。繰り返して、感覚を研ぎ澄ませるしかないぞ。なに、城はすでに半壊しておるのだ。少しくらい壊しても構わん。気にせずにどんどんいくと良いぞ」

「それは気が引けてしまうので、先程吹き飛ばしてしまった場所だけにします」

アーロン様はどんどんと言ったけど、このアーツは体力や魔力の消耗が激しい。なので私には連続使用は無理だ。

五分ほど回復を待って、再度挑戦する。結果は一度目と同じだった。

こうなったら、感覚を掴めるまで繰り返すしかない。

アーロン様は私の横に立ち、失敗する度に助言をくれる。私はそれを活かせるように頑張ってみたけど……。

「うむ、中庭の雑草が綺麗に無くなったのう」

「すみません」

五十回ほど《グランドクロス》を放ってしまった。アーロン様のおかげで感覚を掴めるようになってきたのだが、溜め込んだ状態を維持できる時間が三秒ほどで、どうしてもすぐに発動してしまうのだ。う～ん、これでは役に立ちそうにないよね。聖剣を振るった後、暴発では目も当てられないし。

よしっ、こうなったらもう一度！　そう思って聖剣に力を込めようとしたら、意識が遠のいて立っていられなくなってしまった。

それを見たアーロン様が、これ以上の修行に待ったをかける。

「今日はこのくらいにしておいたほうがよいだろう。グランドクロスは負荷が重い。倒れてしまったら元も子もないからのう」

「そうですね。明日、再チャレンジします」

「うむ、その意気だ」

まだ夕暮れには時間がたっぷりある。それならと、残った時間はハウゼンの復興をお手伝いすることにした。私たちが手伝えるのは数日しかないので、外壁をすべて直すことはできないだろう。

だけど、せめてものお礼として出来る限りはやっておきたい。《グランドクロス》は発動できないけど、まだまだ体は動かせるから。

アーロン様と一緒にハウゼンの正面門付近の外壁に向けて歩く。そこではムガンが修復作業の指揮を執っているはずだ。外壁のどこを修復するかという話になって、やはりハウゼンの顔となる正面門を直そうということになったのだ。

果たして、三日という短期間でどれほど直せるものなのか。正直なところ、私は少し厳しいのではないだろうかと思っていた。

でも、アーロン様と見た正門は、見事と言えるほどの修復が行われつつあったのだ。

「すごい……」

「これは大したものだ」

私たちがやってきたことに気が付いたムガンが駆け寄ってくる。

「おや、今日の修行はもういいんですか？」

「はい。ですので、お手伝いに来ました」

「助かります。聖騎士様が二人いれば、なんとやらです」

「それにしても、どうやってここまで直したのですか？」

するとムガンは得意げな顔をして言ってくる。

「長期的な戦いに於(おい)て必要になってくる、砦の建設に長けた者たちを厳選して別働隊として集めたのです。ですので、この通り作業はつつがなく進んでおります」

「ほう、なかなかやるのう、お主」

「アーロン様にそのようなお言葉を賜り恐縮至極であります」

そっか、だからムガンは外壁の修復を買って出たんだ。そして、修復に使う資材は、瓦礫から使えそうなレンガや材木を再利用しているみたいだった。

私とアーロン様は、聖騎士のステータスを活かして、大きな瓦礫を他から運んできたり、砕いて使いやすいようにしていった。普通は十人がかりでやっと運べるようなものを、容易く運べてしまうので、こういった時にも聖騎士は別格の力を発揮する。

夕暮れ間近には、正門の修復に必要な資材の確保ができた。ここから先は、建築の知識がないと修復できないので、ムガンたちに任せるしかなさそうだ。

ムガンからも、この調子なら明日の最終日までには、なんとか形になりそうだとお礼を言われた。

「ロキシー様は明日の修行に備えて、先に休んでください。後は儂たちでできますから」

「そうですね。お言葉に甘えて、休ませてもらいます。でも、あまり根を詰めすぎないように」

「わかっていますよ」

私は大広場にある自分のテントに向かうことにする。アーロン様はムガンと正門の作りについて詰めの話があると、残られることになった。

少しだけ心が浮かれてしまう。そうまた温泉に入れるのだ。体をしっかりと動かした後の温泉はまた格別に気持ちが良い！

何かと理由を付けて私と一緒に入ろうとするミリアは、一人でハウゼンの調査を引き続き行っているようだ。魔物がハウゼンにもういないことを王都に報告して、正式に都市として再認可するためだ。

これは、なんでもムガンからの特命らしい。だけど、なぜミリアなのか、こっそりとその理由を彼から教えてもらうと、正門の修復の邪魔になるのが最大の理由だったみたいだ。悪い子じゃないんだけどね……いたずらがすぎるというか、本能に忠実というか……そんな感じだ。

そういうことで、今日も一人でゆっくりと温泉に入れるのだ。

私は急いでテントで鎧を外して、着替えとタオルを手にする。早く入りたいと体がウズウズする。そう思えるほど、ハウゼンの温泉は名湯なのだ。

＊

「いいお湯だったわ、ふああぁぁぁ」

テントの中で、まったりモードだ。体はポカポカになって、横になったらすぐにでも眠ってしまいそうなくらい気分が良い。

その前に聖剣や鎧の手入れをしておかないと。布で汚れを綺麗に拭き取っていく。いつもはお願いもしていないのに、ミリアが勝手にしてくれる。その当人は今日はいないので、手入れをするのは久しぶりだった。

「こんな感じかな」

一通りの手入れが終わり、明日の服などの準備をしていく。そして、最後に青い宝石がはめ込まれたペンダントをそっと枕元に置いた。

この青い宝石はフェイトに貰ったものだ。それを持ち歩けるように私が職人に依頼してペンダントに加工した。僅かだったけど、彼と過ごした楽しい日々を忘れないためでもある。

そして、これは私にとって彼との絆なのだ。

「明日こそは、上手くやってみせるわ。もっと強くなって、ガリアでの職務を果たして、また王都へ帰るために……ねぇ、フェイト……」

そっとペンダントの青い宝石に触っていると、なんだか嫌な目線を感じた。ハッとなってテントの入口の隙間を見ると……ミリアの恨めしそうな顔が⁉

「きゃあああぁぁ……ミリア‼」

「どういうことですか⁉」

彼女は私がビックリしているなんてお構いなしだ。詰め寄ってきて、ペンダントを指して震えながら言う。

「まさかそれは、男から……ですか？　そうなんですね！　私はなにも聞いていませんよ！」

いやいや、なぜそれを言わなければいけないんだろうか。これは私の大事な思い出なので、そっとしておいてほしい。

「そんな……私のロキシー様が……嘘よ……そんな……」

なんだか、私を置き去りにして、ミリアは相当なショックを受けているようだ。

とりあえず、落ち着かせるために何か言おうとした時、

「こうなったら、今日はロキシー様と一緒に寝ます！　この悪夢を忘れるために！」

「なんでそうなったの⁉」

「お願いします、ロキシー様！」

「ちょっとテントの中で暴れないで！　せっかく準備している明日の服が散らかってしまうから」

ミリアのご乱心に、私がオロオロしていると、いつものように彼女の保護者が現れた。ムガンの手がぬっと中に入ってくると、器用にミリアの首根っこを掴んだのだ。

そのままテントから引きずり出す。そして外から聞こえてきた声は、

「そんなに一緒に寝たいのなら、儂が添い寝してやろう」

「うえっ⁉」

「こう見えても、幼い頃の娘を寝かしつけるのはうまかったんだぞ。なんなら、子守唄も歌ってやろうか」

「嫌です。嫌です。私はロキシー様がいいです」

「贅沢言うな。儂で我慢しろ！」

「そんな……助けて！　ロキシー様！」

ごめんね。そろそろミリアも反省を覚えたほうがいいと思うの。遠のいていくミリアの声を聞きながら、明日に向けて眠ることにした。

私のために時間をくれた皆のためにも。明日はきっとうまくいく。

＊

最終日、修行場となっているいつもの場所――城の中庭でかれこれ《グランドクロス》を二十発ほど発動させていた。

抑え込めない……。

「うむ、昨日よりは良くなったぞ。三秒だったのが六秒となった。そう気に病むことはない、進歩はしているぞ」

「ハァハァハァハァ……ですが、これでは役に立ちません」

まだ、上手くはいかなくても前進はしている。それを信じて今は繰り返すしかない。

それに、もう少しで何かが掴めそうな気がするのだ。

聖剣を握り直して、再度挑戦しようとした時、ハウゼンの大広場の東側付近で大きな音が鳴り響いた。建物が崩れて砂埃が空へと舞い上がっている。

「これは……この気配は」

「ほう、この距離で感じられるのか……大したものだ。そうだな、魔物だ」

まだ、ハウゼンに退治しきれていない魔物が隠れていたのだ。それが、今になって顔を出して暴れだしたのだろう。そうならないように調査をしていたのだけど、この都市の広さから見落としがあったらしい。

聖剣を鞘に納めると、私とアーロン様は素早く城から出て、魔物が暴れている場所に急ぐ。

現場に着くとすでに私の部下たちとの戦闘が始まっていた。

ムガンが私の到着に気が付いて、状況を説明する。

「正門の修復の目処が付いたので、余った人員を瓦礫の撤去に回したんです。それで撤去した場所の下に空洞があって、おそらく下水道用に作られたものでしょう。そこから魔物が溢れ出したんです。住民を退避させつつ、魔物を退治しようとしていますが、相手が相手なので……」

ムガンが言おうとしていることは魔物を見ればすぐに理解できた。アンデッド系の魔物――スケルトン・ナイトとスケルトン・アーチャーだったからだ。

この魔物は通常攻撃で骨がバラバラになるだけで、時間が経つと元通りになってしまう。だから倒すためには魔法か、属性攻撃が有効になる。

しかし、この敵味方が入り乱れる乱戦状態では、魔法を放つことは味方にも被害が出かねない。そして属性攻撃となれば、魔剣使いのミリアしかいない。

そんなミリアが魔剣フランベルジュを燃え上がらせながら、私に駆け寄ってくる。

「すみません、ロキシー様！　私がもっともっと調査をしていれば、こんなことには……」

「気に病むことはありませんよ。ミリアがしっかりと調査していたことは私も知っています。今回は撤去した瓦礫の下に隠れていたのですから」

私の言葉にアーロン様も付け加える。

「ロキシーの言うとおりだ。ハウゼンにずっといた儂も気づかなんだことだ。責められるならまずは儂だよ。それにしてもうまく隠れていたものだ。じゃが、今は魔物たちの一掃が先だ。では、いくぞ！」

「はい、ありがとうございます！　アーロン様！」

ミリアはアーロン様の言葉にいたく感動したようで、彼と共にスケルトンたちへ向かって、駆け出した。アーロン様は、聖剣技のアーツ《グランドクロス》を聖剣に留めて、聖属性を付加させて戦う。ミリアは魔剣フランベルジュの炎属性を活かして、スケルトンたちを切り伏せては燃え上がらせていた。

ゾロゾロとまだ空洞から出てくるスケルトンたちの数、それに乱戦とが相まって、二人では少しだけ押され気味の戦いを強いられている。私もその輪に加わりたいけど、まだアーロン様のように《グランドクロス》を自在に扱えない。下手に暴発でもさせてしまえば、大変なことになってしまう。

スケルトンたちの足だけでも食い止めるために通常攻撃で戦闘するのか、それとも住民の避難誘導に加わるのか……なんて思考を巡らせていると、不意に胸元から顔を出したペンダントに目が留まった。

こんな姿をもしフェイトが見たら、どう思うだろうか……。

「きっと……笑われちゃうよね」

そうならないためにも、私がロキシー・ハートで居続けるためにも、ここは引き下がってはいけない。

大丈夫、大丈夫……集中して…………。

《グランドクロス》を発動するために、力を聖剣に注ぎ込んでいく。そして、臨界点で抑え込む。

頭の中で、沢山の人の顔がよぎっていく。ハート家のみんな、母上、父上……今戦ってくれているアーロン様やミリア、ムガン、その他の多くの部下たち。そして、フェイト……。

みんなの期待は裏切れない。その気持ちは裏切ってはいけない。

聖剣が一段と光を帯びた。

「これは……」

力が聖剣の中で留まり、循環している。とうとう聖剣に聖属性を付加することに成功したのだ。

もう、やることは決まっている。

一気に駆けて、アーロン様とミリアに合流して言う。

「お待たせしました。私も戦います」

「ふむ、その聖剣の輝き……どうやら習得できたようだな」

「アーロン様のご指導がなかったら、ここまで辿り着くことができませんでした。ありがとうございます」

「礼には及ばん」

アーロン様はスケルトンを斬り捨てながら、ニヤリと笑ってみせる。

ミリアも喜んで、飛び跳ねるように私の下へ来て言う。

「ロキシー様！　私のために⁉」

「……」

「無言⁉　違うんですか？」

「ミリアのためだけではありません。みんなのために私は戦うんです」

「やった、私も入っているんですね！　もう頑張っちゃいますよ」

都合がいいところだけ聞いて、スケルトンをどんどん倒していくミリア。今は忙しいので、あのままにしておこう。

少し劣勢だったのが、私が加わったことで一気に逆転を始める。避難誘導はほぼ完了して、後は空洞からの出現が収まりつつあるスケルトンたちを一掃するのみだ。

だけど、そううまくはことは運びそうにないようだ。

空洞を中心に地面が崩れ出していく。そして、中から強いプレッシャーが放たれてくる。

アーロン様はこのことを予期していたようだった。

「ロキシーとミリアよ、少し後ろに下がりなさい。他の者達はここから退避を！」

大声で、周囲に危機を知らせて戦いやすい環境を作り出したのだ。

「やはりな。あれだけの魔物たちの気配を隠せる何かが奥に潜んでいるのではないかと、思っていたが、まさか……」

姿を現したのはリッチ・ロードだった。アーロン様の鑑定スキルでは、冠を成していないというが、それでも強力な魔物だ。

私はハウゼンに来るまでに、かなりのレベルアップをしてきたけど、リッチ・ロードともなれば、到底一人では太刀打ちできない。でも、アーロン様と二人なら……。

唖然としているミリアに私は指示をする。

「ミリア、あなたは残ったスケルトンたちをお願い。私たちはあれの相手をします。アーロン様、よろしいですよね？」

「わかった。なかなかの強敵、腕が鳴るのう」

私とアーロン様はリッチ・ロードへ向けて、違う方向から攻撃を仕掛ける。

まずは、私！　左側から斬り込む。しかし、リッチ・ロードが手にしていた大鎌でそれを防いでくる。

それでいいのだ。がら空きとなっている右側からアーロン様が、突き抜けるようにリッチ・ロードの腹部を切り裂いた。

バランスを崩した隙に、大鎌を打ち上げて、リッチ・ロードに立て直す時間を与えない。続けざまに、私も腹部を斬って後方へジャンプする。

私とアーロン様の攻撃が確実に入ったので、リッチ・ロードに大きなダメージを与えることができた。先制攻撃が成功したので、後はこちらの優位に事が運べそうだ。

第二波を試みようかと思っていると、アーロン様が私の下へ移動してきた。

「どうしたんですか？」

「なに、あれはもう満足に動くこともできまい。なら、あれを使って最後の授業だ」

そう言うとアーロン様が聖剣をリッチ・ロードに向けて突き出した。この姿は《グランドクロス》を放つときのものだった。

「儂の聖剣に、お主の聖剣を重ねなさい」

「はい」

言われた通りに私の聖剣を重ねると、互いの聖剣が一層輝きを増したのだ。

「これは、聖騎士でもあったあの男から教わったことだ。聖騎士は単体で強いので、こういったことをする機会はない。だから、儂は今まで気付かなんだ。もしかしたら、まだまだ力の使い方は隠されているのかもしれん。だが、その先を見るのは儂ではなく、君のような若者だと思うのだ」

「アーロン様……」

「儂が教えられるのはここまで、準備は良いな」

「はい！」

呼応する聖剣に力を込めて、放つ。

「「グランドクロス」」

巨大な光の柱がリッチ・ロードを包み込む。もがき苦しんで大鎌を振るうが、それもま

た浄化されて消え失せていく。

光が収まった頃には、元の静かなハウゼンに戻っていた。それと同時にアーロン様からの指導の終わりが告げられたのだ。

正門の修復が無事に完了して、私たちはハウゼンを旅立つことになった。

アーロン様や住民たちがわざわざ見送りに来てくれて、とても嬉しくなってしまう。

別れを惜しんでいると、アーロン様が少しだけ迷ったような顔をされて言う。

「ロキシーよ、一つだけ頼みを聞いてくれるか」

「なんでしょうか。私にできることなら何なりと言ってください」

すると、彼は安堵して続ける。

「偶然に儂の下へやってきたという男のことだ。あれは黒剣を携えて、ガリアに向かった」

「ガリアですか!?」

「ああ、そうだ。あの者は、とても強い力を持ってはおるが、自分では上手く扱えずに苦しんでいるように見えた。もし、ガリアでそのような者を見かけたら、力に溺れる前にできるなら救ってやってほしいのだ」

「なぜ、私にそのようなことを？」

アーロン様は微笑んだ後に、私の目をしっかりと見据えて、

「君もまた同じだ。君はあの男と似ているように思う。性格や剣筋は全く似ていないが、思いの篭った重い剣を振るう。それは時としてスキルよりも強い力となる。そう儂は思っておる。だからこそ、お願いしたいのだ」

頭を下げるアーロン様に私は、戸惑いながらそれを受け入れた。

その人が誰なのかわからないけど、アーロン様がここまでするのだ。本当にガリアに向かったのなら、必ずやそこで頭角を現すはずだ。そう、《グランドクロス》を重ねるという聖騎士として新たな可能性をアーロン様に見せた人なら、あの戦いに満ちた場所に行けば……。

「私にできることは限られているかもしれませんが、やってみます」

「そうか……ありがとう、若き聖騎士よ」

嬉しそうに彼は手を私に差し出した。それは別れだけではなく、また会おうという約束にも取れた。

その差し出した手を握り返して、ハウゼンを旅立つ。

ありがとうございました……アーロン様。そして、彼の言う黒剣を持つ謎の聖騎士か

……。

ガリアに着けば、否応なく彼に出会える。なぜか、そんな予感がしたのだ。

あとがき

お久しぶりです。一色一凛です。

文庫版の第二巻はフェイトとマインによる旅のお話でした。その中でフェイトはいろいろな人と出会って、武人として戦うとはどういうことなのかを知っていきます。

前巻のフェイトは、人目に隠れて力を振るってきました。それがどのように今後に繋がっていくのかというその後の影響に関わることはなかったです。自分が引き起こしていることなのに、酒場の噂話のように客観視していた。

それが、武人ムクロとして素顔を隠しながらも、人前に立って戦う。時には素顔すらも晒して戦う。

終わってもその場にいた者たちと、何かを共有していくことで、彼はまた何かを得て成長してくれたと思います。ハウゼンでのアーロンとの共闘は彼に一人ではない戦い方を教えてくれはずです。

主人公は生まれたときに母親を亡くしており、更に幼い頃にたった一人の肉親だった父親を失っています。そのため、フェイトは親から本来教えてもらうはずだったことをまったく知りません。

一人で生きていくことに慣れてしまっており、すぐに単独行動してしまう癖があります。マインはそんな不安定な彼をそのままにできず、コボルトでの借りを口実に半ば無理やり共に旅をします。

無口で不器用なマインにできることはそれくらいでした。

多くを語らない彼女の傍らでフェイトは、王都セイファートで体験できなかった戦い方と戦う意味を実感していきます。ありがちな悪がいるから正義のために戦うというところから、もっと前進した場所を目指し始めます。そのきっかけとなる旅としたいと思って執筆していた記憶があります。

元々、書き始めたときの「暴食のベルセルク」は第三巻の構成だったため、中盤である第二巻はラストに繋げるためにどうすればいいのかと事あるごとによく考えていました。それが、第三巻以降も続いてしまうわけですが……。

この巻のラストで、フェイトとマインは別れてお互いの目的へ戻ります。

その流れをある打ち合わせで、別れるとは思わなかったと言われました。私としては二人の本来の目的が違うため、これは一時的なものと思っていました。

ですが読み手からすれば、仲間入りしたキャラが主人公から離れていくことはあまりないのかなと。

そういう面では「暴食のベルセルク」はちょっと変わっているのかもしれないです。メインヒロインであるロキシーは、今回は殆ど出ないですから。

そのため、番外編としてロキシー回を用意しております。

ガリアへ向かう聖騎士として彼女が成長していく姿を一部だけ切り取って執筆させていただきました。そして、書くならやはりアーロンとの修行！　フェイトとアーロンのグランドクロスを、ロキシーにも！

そのシーンはちゃんとFameさんにイラストにしていただいております。ここは作者としてとても嬉しいところです。

こうしてあとがきを書いていると、昔のことを思い出します。

コミカライズは第八巻が発売となっています。なんとすでに原作の第四巻が終わってしまっています。時の流れるのは早い。

滝乃先生が描くバトルは、とてもスピーディーかつわかりやすくてカッコイイ。

そして時折、ストーリーの合間に描かれるほのぼのとしたキャラ同士の掛け合いが、「暴食のベルセルク」の世界観に癒やしを与えてもらっています。それらのバランスがとても良く、原作者としても読んでいて面白いです。

コミカライズを読むたびに、滝乃先生にこんなバトル、あんなバトルを描いてほしいという欲望が出てしまい……巻を増すごとに小説でのバドルを派手にしてしまっています。……申し訳ありません。

しかし、「暴食のベルセルク」はバトルがあって初めて物語が成立する話の構造になっているために仕方ないのです。次巻となる第三巻は、更にバトル要素が増します。それと同時に恋愛要素も少しずつ増やしております。やはり、メインヒロインを守る話には必要不可欠！

あの当時、恋愛系が苦手だった一色一凛の苦しみ抜いた執筆を感じていただけると幸いです。あの頃、次は恋愛系がWeb小説に来るといった話がありました。それが数年の時を経て小説家になろうで席巻しているのを見ると考え深いものを感じます。

私も恋愛系を書いてみたいと思っています。SF要素がほんのりと含まれたものを……。これは需要がないだろうと予想できますが、やはり書きたいものを執筆するほうが長い目で見て精神安定上で良いです。

その点では「暴食のベルセルク」は作者として書きたいことを好きにやらせていただいているのでありがたいです。恋愛要素を入れていくときは大変な思いをしましたが……。

次の第三巻では、最後のメインヒロインが登場します。最初は目立つようでちょっと影の薄い感じです。

それでも段々と存在感を強めていくキャラでもあります。ラストで大活躍してくれるキャラでもありますので応援の程よろしくお願いします！

一色一凛の体調も良くなってきており、今年の初旬あたりで行った手術後の体調も順調に回復しております。短時間しか座れなかった当初……それが数時間もできるようになりました。場合によっては、まだ駄目な日もありますが……。

数ヶ月に一度の通院も、今の所問題はないです。来年にはもう少し活動ペースを上げていきたいところです。無理し過ぎて、また状態が戻ってしまうと元も子もないため、ここは慎重に進めていきます。ですが、来年から「暴食のベルセルク」がもっと盛り上がるように、精進していく所存です。

最後に「暴食のベルセルク」を応援してくださった読者の皆様、カバーイラストを新規で描いていただいたFameさん、サポートしていただいた担当編集者さん、関係者の皆様に感謝いたします。

では次巻で、またお会いできるのを楽しみにしております。

ファンレター、作品のご感想をお待ちしています!

【宛先】
〒104-0041
東京都中央区新富1-3-7　ヨドコウビル
株式会社マイクロマガジン社
GCN文庫 編集部

一色一凛先生 係
fame先生 係

【アンケートのお願い】

右の二次元バーコードまたは
URL (https://micromagazine.co.jp/me/) を
ご利用の上、本書に関するアンケートにご協力ください。

■スマートフォンにも対応しています(一部対応していない機種もあります)。
■サイトへのアクセス、登録・メール送信の際の通信費はご負担ください。

GCN文庫

暴食のベルセルク
～俺だけレベルという概念を突破して最強～②

2022年2月27日　初版発行

著者　一色一凛
イラスト　fame
発行人　子安喜美子
装丁　横尾清隆
DTP／校閲　鷗来堂
印刷所　株式会社エデュプレス
発行　株式会社マイクロマガジン社
〒104-0041　東京都中央区新富1-3-7　ヨドコウビル
[販売部] TEL 03-3206-1641／FAX 03-3551-1208
[編集部] TEL 03-3551-9563／FAX 03-3297-0180
https://micromagazine.co.jp/

ISBN978-4-86716-250-7 C0193